毒親と生きる

橘楓
TACHIBANA KAEDE

幻冬舎MC

毒親と生きる

まえがき

小学校に上がるまで、私には戸籍がありませんでした。その事実を知ったのは、高校受験を控えた中学3年生のときでした。

母が私を出産したとき、父は別の家庭のある既婚者でした。その家庭には跡取りとなる男の子がいなかったため、母は「男の子が生まれれば、今の奥さんと離婚して私と結婚してくれるかもしれない」と期待したのだそうです。しかし、生まれてきた私は女の子でした。

母は、期待どおりにいかず落胆し、「男の子が欲しかったのに」「あんたを産んだおかげで、私の人生めちゃくちゃやわ」と、まさに毒のような言葉でわが子を攻撃し続けました。それほど男の子が欲しかったわけですが、その後授かった二人の子も、どちらも女の子でした。母は、女の子だと分かった瞬間から、わが子に対する興味を失ってしまったようです。

いくら子どもに興味がなかったにしても、出生届を提出しなかった理由にはなりません。

あるとき母を問い詰めると、「離婚が成立したらみんな一緒に籍に入れるので、それまで待っていてほしいとお父さんに言われたんや」と打ち明けました。

その父は、言葉遣いや行儀に厳しく、とても怖い存在でした。私たちが騒いでいると、「うるさい！　うるさくしていると、おまえたち、捨ててしまうぞ！」と一喝されました。すると、私たち姉妹は必ず凍りついたように静かになります。というのも、私が幼い頃、家で飼っていた犬を「鳴き声がうるさい」という理由で捨てに行ったことがあるからです。

この環境から一刻も早く抜け出したい。その思いをはっきり自覚したのは小学4年生のときでした。「今は子どもだから一人では生きていけないけれど、あと10年経って20歳になったら絶対にこの家を出ていく」と心に決めてからは、幾度となくつらい目に遭わされながらも、この決意を支えに生きてきました。

それでもなお、両親の理不尽な仕打ちに、人生を投げ出したくなることは何度もありました。中学生のある日、母と口論になったときに、「あなたがグレたかったら、グレたらええねん。自分の人生やから好きにしなさい。それで将来困るのはあなたでしょう。お母さんは困らへんから」と言われ、「こんな人たちに、私の人生をめちゃくちゃにされてたまるか」「絶対にグレたりせずに、幸せな人生をつかみ取ってやる」との思いがこみ上げ、私の原動力となりました。

家を離れることができたのは、小学生で夢見たとおり、20歳の春です。成人後に巡り会えた多くの人々のおかげで、毒親の呪縛も少しずつ解けていきました。現在は建設材料メーカーの代表取締役を務め、参謀役である良き夫にも恵まれて会社の業績も順調です。改めて半生を振り返ると、毒親への思いが変化してきていることに気づきました。

もしあの両親のもとに生まれていなかったらいったいどんな人生を歩んでいたのか、今の私があるのは、あの「毒親」と、愛されていないと思えるような不安な生活があったからではないかという気持ちが芽生えてきたのです。そのなかで賢く、強く生き抜いてきた生い立ちが私の心を鍛え、運命を切り拓いた気がするのです。

「毒親」という言葉が日本で広く使われるようになったのは、ここ10年ほどのことでしょうか。

なかには、自分の人生がうまくいかないのは〝毒親のせいだ〟と考え、幸せな人生を送ることを諦めかけてしまっている人もいるかもしれません。

しかし、どんなに憂えても過去や現在は変えられませんし、逆に、どんな親のもとに生まれたとしても、自分の手で幸せをつかむことはできます。

私は小さい頃から空を眺めるのが好きでした。それは現実逃避ではなく、早く大きくなって、この大空の向こうに広がるもっと大きな世界で羽ばたきたいと願っていました。小学6年生の文集に書いた将来の夢は、「通訳」でした。高校時代の夢は「キャビンアテンダント」になることでした。結果的にその職業には就くことはありませんでしたが、未来への目標や目的を明確に持つことが、未来に向かって生きる力になりました。

現実に毒親との関係に悩んでいる人、生まれながらの境遇に今も苦しみ続けている人たちがいると思います。この本が自分自身の人生を取り戻すきっかけになれば、著者としてこれ以上の喜びはありません。

目次

第2章

毒親に認められたい――学業に励むも、直前で受験中止を言い渡され絶望

第5章 三代目社長として——新技術を開発し、引き継いだ会社を急激に拡大

第6章 人生で大切なことはすべて毒親から学んだ――毒親に感謝し、毒親と生きていく

第1章

非嫡出子として生まれ、戸籍なし――
「あんたなんか産むんじゃなかった」という母、
「捨ててしまうぞ」が口ぐせの父

男に生まれてほしかったのに

私は小学校に入学する3カ月前まで、自分の戸籍がありませんでした。私が生まれたとき、母が出生届を区役所に出さなかったからです。

私は1967年の夏、大阪市東住吉区（現平野区）で生まれました。父の橘 文雄は44歳、母の川中洋子は26歳でした。名字が違うのを見ても分かるとおり、父と母は一般的な夫婦関係ではありませんでした。父は小さな防水材料の責任施工会社を経営する社長でした。そして正式に結婚していた奥さんがすでにいたので、俗な言い方をすれば、母は〝お妾《めかけ》さん〟だったのです。

ただし、母は一生〝日陰の身〟に甘んずるつもりはありませんでした。父と知り合った当初から、いつかは結婚できると考えていました。私を産んだのも、「男の子を産めば正妻の座が手に入るかもしれない」と考えていたからだと思います。当時は男尊女卑の思想がまだ根強く残っていて、跡取りになる男子を産むことが嫁の務めとされ、男の子を産めば「でかした！」と言われた時代でした。父は1923（大正12）年生まれの古いタイプの男でしたから、どうしても跡取りの嫡男《ちゃくなん》が欲しかったようです。しかし、父と正妻との間には女の子しかおらず、「会社の跡継ぎになる男の子を産めば、正妻に勝てる！」と母が考えたのも無理はありませんでした。このあたりの事情は、あたかも戦国時代の武将のような、正室と側室との関係と似ています。

実は、私が生まれる1年前にも、母は父との間の子をお腹に宿していました。ところが、二人は正式に結婚していなかったので、父から「申し訳ないが堕ろしてくれ」と言われ、母は仕方なく中絶したそうです。そのような事情があり、私を身ごもったことは父にいっさい知らせず、黙って子どもを産むことにしたようです。母は産婦人科に行かず、妊婦健診を一度も受けることなく臨月を迎えました。母子手帳もありませんでしたが、いよいよ陣痛が来て、早朝たまたま開いていたガソリンスタンドの方に軽トラックで産婦人科医院まで乗せてもらい、どうにか私を出産しました。

出産の際、私は息をしていなかったらしく、取り上げた看護師は死産かと思ったそうです。それでも、私の足を持って逆さまにぶら下げ、お尻をぱんぱんたたくうちに、ようやくか細い産声を上げたといいます。後年その話を聞き、「赤ん坊の私は、そのような境遇ではこの世に生まれ出たくなくて、もう一度あちらの世界に戻ろうとしたに違いない」と思ったものです。私を蘇生させてくれた看護師さんは、「それでも、強く生きよ!」と叱咤激励してくれたのかもしれません。

ともあれ、生まれてきた私は女の子で母は大いに落胆したようですが、「産んだのがたとえ女の子であっても、二人の間に子どもが生まれたのだから、これを機に正妻と離婚して私と結婚してくれるかもしれない」と、父に対して淡い期待を抱いていたと思います。ただ、出生届も出されなかったため、私は乳幼児健診などを受けていません。この世に生まれ出た瞬間から私は、男の子でなかったというだけで母の期待を裏切り、ことあるごとに母の恨み節を聞かされ続けることになります。

「あんた、なんで女に生まれてきたの? 男やったらよかったのに!」「私は、男の子が欲しかったのに!」「あんたを産んだおかげで、私の人生むちゃくちゃやわ!」と、そのたびに、幼い少女の私の心は傷つき、言い表しようのない悲しみを感じました。

母にしてみれば、その時の感情を吐き捨てただけかも知れませんが、敏感な子どもには、たまったものではありませんでした。子どもは決して親のことを悪く思わないので、「私という存在が大好きなお母さんを悲しませている……」と、常に罪の意識を感じ、この世に生まれてきたこと、自分が女であることを肯定的に受け止められなくなっていました。

大阪から熊本へ、熊本から大阪へ

私は、実は両親が正式に結婚していないことなど、まだ知る由もありません。

物心ついた頃から、父とは、ひとつ屋根の下で暮らしていたので、わが家も周りの友達の家庭と同様、ごく普通の家だと思っていたのです。しかし実際には、両親は婚姻関係を結んでおらず、父は私をわが子として認知もしていませんでした。いえ、認知するかどうかという問題以前に、そもそも私は無戸籍だったので、法律上はこの世に存在すらしていなかったのです。

私が生まれても、母は父の戸籍に入ることができませんでした。それでも母は、父と結婚するという希望を決して失わず、その後も父との間の子どもを二人もうけます。

しかし、私が生まれて2年後に生まれた君江も、さらにその2年後に生まれた亮子も、どちらも女の子でした。母の落胆ぶりはいかばかりだったでしょうか。母はどうしても男の子が欲しかったのですが、こればかりは致し方ありません。

それでも母は、無類の動物好きのため、動物をめでるように乳幼児の頃は、私たちをそれなりにかわいがっていました。洋裁学校を卒業しているので、子どもたちにお人形のようなおそろいの洋服を作って、着せ替え人形のように着せていました。そんな時は、自分の置かれている境遇をしばし忘れて現状を楽しんでいたと思います。しかし、子どもたちも成長とともに、自我が芽生え、意思を持つようになり、母に意見するようになると、たちまち狡猾なふるまいを子どもたちに対して取るようになっていきました。自分ファーストな母は、利益を及ぼす存在に対しては、好意を持ち意識を向けるようでした。そのため、母が喜びそうなことを、それぞれが率先してやっていました。いわゆる母性愛というものがそもそも欠けていたように思われます。小さなコミュニティーの中の女帝という存在でした。

そのため、母親に対してどのようなメリットが出るのかを、最優先に考えなければなりませんでした。母を喜ばせた見返りとして、愛情を報酬として受け取る仕組みだったのでした。

家庭環境が大きく変わったのは、三女の亮子が生まれて1年ほど経ったときのことです。

それまでずっと家族5人で住んでいた大阪市東住吉区の長屋を離れ、熊本にある母の実家に、母と私たち娘3人で移り住んだのです。父は一緒ではありませんでした。後年、その理由を聞いた時、「会社の業績が大変になったので、田舎に疎開していた」と。今思えば、あのとき父と母との間で何らかの重大事件が発生していたのかもしれません。もしかすると、父と母との関係が大きく破綻しかかっていたのかもしれません。

母にしてみれば、あのときが人生におけるひとつのターニングポイントだったのでしょう。父と正式に結婚することを夢見て子どもを3人も産んだのに、3人とも女の子だったため、結局、父との結婚は実現しませんでした。そこで、「あの人との関係も、そろそろこの辺が潮時かもしれない」と母が考えたとしても不思議はありません。また、母の両親（私から見れば祖父母）が娘を心配して、「結婚はもう諦めて、故郷に帰ってきなさい」と諭した可能性も大いにあります。そして、当時は祖父母の戸籍に、3人の子どもたちを養女として引き取ろうという話もあったそうです。そうなれば、実母が姉で、その妹たちという形に収まった可能性もありました。ともあれ、私は5～6歳にかけての2年弱を熊本にある母方のおじいちゃん、おばあちゃんの家で暮らすことになりました。

6歳の夏、私にさらなる転機が訪れます。妹たちが先に寝てしまったある夜、母はいつになく真剣な面持ちで私にこう問いかけてきました。

「あんたは来年から小学校やけど、ここの熊本の小学校に通うのと、大阪の小学校に通うのと、どっちがいい?」

突然とんでもない話を聞かされてびっくり仰天です。驚く一方で「お母ちゃんはこんなに大事なことを、子どもの私に決めさせるのか?」とも思いました。しかし、いきなりそんなことを聞かれても、6歳の私がすぐに答えが出せるはずもありません。すっかり頭が混乱してしまい、大人びた言い方ですが、「二、三日考えさせてほしい」と言うのが精いっぱいでした。

そして3日後、私は一生懸命考えて「大阪に戻る」と母に答えました。今となっては記憶があいまいですが、大阪の都会のほうが、いろんなチャンスがある、と子ども心にそう思ったことは覚えています。熊本で仲のいい友達もできていたので、別れるのはつらかったのですが、今のメリットより将来のメリットを考える、ちょっと大人びた感覚の子どもでした。また、心のどこかで、大阪で父と一家5人で暮らしていた時代に戻りたかったのかも知れません。

結局私の一存で、出生地である大阪市東住吉区に戻ってきたのが６歳の９月でした。そこからまた父を含めた家族５人の生活が始まり、私は近くの幼稚園に半年間だけ通うことになります。

青天の霹靂、名字が変わるって？

その後、さらに幼い私の頭を混乱させる出来事が起こります。

小学校入学を間近に控えた１９７４年３月のある日、母と二人だけになったタイミングで突然、「今度、あんたの名字が変わるよ」「小学校に行くようになったら、あんたは橘から川中になるからね」と告げられたのです。まったく意味が分かりませんでした。幼いながらも、「川中」は熊本のおじいちゃん、おばあちゃんの名字であると認識していたので、自分がなぜおじいちゃんの名字になるのか、どうしても理解できません。

「川中いうたら、おじいちゃんの名字やんか。私、そんな名字になるのイヤや！」

「何、わがままゆうてんの。言うこと、聞きなさい！」

「幼稚園のお友達に、なんて説明すればいいの？　イヤや、私、絶対にイヤ！」

私は突然の話に驚き、落胆して大泣きしました。それまでの私の6年ちょっとの人生で、初めての自己主張であり、母親に対する最大級の反抗でした。

私がなかなか泣きやまないので、このときばかりは母も途方に暮れたようでした。なんとか私の同意を得ようと高圧的に攻撃してきましたが、私もここは折れないと平行線が続いたものの、あることを思いつきました。

小学校入学前のこの時期の子どもは、ランドセルに学習机、ノートや鉛筆と一気に物入りになりますが、私はランドセル以外ほとんど買ってもらっていませんでした。そもそも、わが家では「子どもにはお金をかけない」主義で、子どもが親に何かねだっても、望みどおり買ってもらえることはめったにありません。小学校入学を控えたこの時期も、私は友達のようにあれこれ買ってもらうことは諦めていました。唯一、買ってもらえるかもしれないと思って切望していたのが、当時流行していた2段式のおしゃれな筆箱です。幼稚園のお友達はみんなその筆箱を買ってもらっていたので、「私も欲しい」と何度か母にねだっていましたが叶いませんでした。その筆箱を、私は、取引の材料に持ち出しました。

「あの2段式の筆箱を買うてくれたら名前、川中になってもかまへんで」

すると母は「分かった。好きなん買うたるから」と、なんともあっさりと合意してくれたのでした。

私も、２段式筆箱の魅力と引き換えに、橘の姓を捨てて、川中の姓に変わることになるのでした。振り返れば、小学校入学前に、このような交渉術を身に付けていたことに我ながら驚かされます。

後に、高校受験で戸籍謄本を取得する際に判明したのですが、私がようやく戸籍に名を記載することができたのは、改姓して小学校に入学するこのときでした。誕生日が１９６７年８月で、「届出日」が１９７４年1月ですから、６年半近くも放置されていたわけです。

小学校に入学する児童のいる家庭には、自治体から就学通知書が送られてきますが、当然わが家には届いていませんでした。母は慌てて、私と妹二人の分まで出生を届け出て、無戸籍だった私たちはようやく、日本国民として法的に認められたのでした。母に言わせると、保育園や幼稚園は私立だったので、住民票も必要なかったとのことです。私立小学校ならば、無戸籍状態が続いていたかもしれないと母は語っていました。

ともあれ、私たち姉妹の出生届は大阪市東住吉区役所に無事受理され、私も晴れて１９７４年春、大阪市立の小学校に入学しました。

まるで動物園のわが家

母は子どもを3人産んでいますが、おそらく一般的に言われているような母性本能をあまり持ち合わせていなかったように思います。

「めんどくさい」が母の口ぐせで、私たちのことも、子どもの「自立」という名目で「自分でしなさい」と、いつも言っていました。「おまえたちを丈夫に産んだのだから、お母さんの役目はおしまい。あとはなんでも自由に自分でやりなさい」というのが、母の子育て理論でした。その理論では、自分の産んだ子どもの世話をしたり、面倒を見たりすることは、母親の仕事ではなかったのです。

少しばかり弁解しておくと、母は専業主婦ではありませんでした。父は、小さいながらも、自社材料の責任施工も行う防水材料メーカーを経営し、母はその会社の電話番兼経理の仕事をしていました。日中は父の会社に出勤していたため、その時間は、子どもたちの面倒を見ることはできませんでした。

一方で、無類の動物好きでした。わが家は長屋のような狭い二戸一《にこいち》という造りの借家住まいながら、いつもたくさんの動物を飼っていました。多いときには、プードル犬２匹、野良猫１匹、モルモット１匹、ハムスター１匹、文鳥２羽、カナリア１羽と暮らしていたこともあります。さらに父と母、女の子が３人となると、我が家の日常は常に騒々しく、動物園のようでした。

犬のトイレは玄関横に新聞紙を敷き、その奥にモルモットのケージ、その横に猫のトイレ、２階の踊り場にハムスターのケージ、鳥はベランダに籠を吊っていました。こんな住環境のため、玄関から入った途端に、まず動物の排泄物の臭いを嗅ぐことになるのです。臭いに敏感だった私は苦痛でしかなかったです。毎日、新聞紙を取り替えたりはするのですが、イタチごっこでした。

衛生面も大いに問題があり、幼い３姉妹はそれぞれ、皮膚や呼吸器系になんらかの疾患を抱えていました。動物性アレルギーの症状だったと思いますが、父や母にはそうした症状は出ず、「あんたらは、弱いなあ」などとからかわれていました。

辰年生まれの母は竜が好きで、私たちのことを「タツノオトシゴちゃん」と呼んだり、飼っている動物のように「１匹、２匹……あれ、１匹おらへんな。どこいった？」「１匹、２匹、３匹。よし。おったな！」などと数えたりし、私としては動物園のような住環境にあって、それが何の違和感もなく受け入れられていました。

捨ててしまうぞ！

今でも強烈に記憶に残っているのは、私が4歳の頃の出来事です。当時は、スピッツ犬を飼うのがはやっていたようで、わが家でも「シロ」という真っ白な犬を、裏の土間で飼っていました。この犬は甲高い声で実によく吠える犬で、父はよく「うるさい！」とシロを怒鳴りつけていました。父によく怒鳴られているので、シロも父には全く懐いていませんでした。

そして、その日が訪れました。

「うるさい！　おまえみたいにうるさい犬は捨てるぞ！」。この「捨てるぞ！」は怒ったときの父の常套句でした。しかし、このときは少し違いました。「もう我慢ならん。近所迷惑や。こんなうるさい犬は捨てに行くぞ」と言うと、父は、嫌がるシロをむりやり引っ張り出して車に押し込み、母も一緒に乗り込みました。まさか？　ホンマには捨てへんよな？

「いやや！　ホンマに捨てるの？」と、私も慌てて車に飛び乗ったのです。

　夕暮れの夜道をどこに捨てようかと探しながらのドライブです。私は、必死になってシロを助けなければと、父や母に取り入りました。

「シロも、しつけしたら大人しくなるよ。私、ちゃんと面倒みるから」「お母ちゃんも、シロかわいがってるよな」。私は、とにかく必死になって説得を続けました。

　二人の気持ちが変わらないと、ホンマに捨てられてしまう。切羽詰まった状況での説得交渉が続きました。

　でも、その時はとうとうやってきてしまいました。真っ暗な空き地に車を止めて、嫌がるシロを引っ張り出し、首輪を外して放したのです。「捨てたらイヤや！」と、私は、悲鳴に近い大声で叫びながら、父に最後の抵抗をしましたが、「そしたら、おまえも犬と一緒に捨てるぞ！」と言って、しがみつく私を突き放したのです。

「え？　私も一緒に、す・て・る？」「私も……？」。頭の中が、一瞬で真っ白になりました。

「この人、ホンキや！」と、幼かった私は、恐怖で身体が硬直しました。

「はよう。車に乗りなさい」「あんた。お父さんに反抗すると、ホンマに捨てられてしまうよ」母の言葉で、ハッと我に返り車に乗り込みました。母の言葉は、とても説得力がありました。このときの、母の言葉から、自分も必死に父についていこうとする母の人生が垣間見られたのかも知れません。

帰りの車には、一緒に乗っていたシロはいません。助けられなかった無力感にさいなまれていた私は、しばらくこの残酷な現実を受け止められず、早く記憶から消そうとしていました。でもこの恐怖体験はずっと消えませんでした。

父は本当にシロを捨てました。私は、父の冷酷さと実行力を直接目撃してしまいました。後年、妹たちにもその話をしました。お父さんが「捨てる」と言ったら、たとえかわいい犬でも本当に捨ててしまうのだと。この出来事は、私にとって最初のトラウマになりました。そして妹たちにも、このトラウマは共有されていきます。

私たち3姉妹は、よく姉妹でたわいもないことでケンカをしていました。たいてい、一人か二人が泣きわめきます。そんなとき、「うるさい！　おまえたち、捨ててまうぞ！」と父に一喝されると、みな一瞬で静かになりました。父なら本当にやりかねないと思い、その場にいる全員が恐怖で縮み上がったからです。声も体格も大きな父に叱られると、本当に生きた心地はしませんでした。
「めんどくさい」が常套句の母と、「捨てるぞ！」が常套句の父――今思い返してみても、日常に安心感がなく心身ともに厳しい少女時代だったと思います。

迷子になれば叱られる

日曜日になると、母の気が向くとお出かけに連れていってくれることもありました。行き先はたいてい、大阪市内にある天王寺動物園です。当時、小学生以下は入園料無料でお金がかからないから、という理由ももちろんあったでしょうが、一番の理由は動物好きの母自身が、動物を見たかったからだと思います。私たちはお出かけできることがうれしくて、また母の機嫌のいいときは、おねだりするとアイスクリームを買ってくれることもありました。

しかし、親子の動物園ツアーも楽しいことばかりではありません。母はどこへ出かけるときも、子どもが一緒に付いてきているかどうかを確認せず、自分でどんどん先に行ってしまうので、ぼんやりしていると置いていかれる恐れがあるからです。子どもとしては、母の動向から目が離せず、その現在位置を常に確認し続けていなければなりません。特に駅や混雑する商店街などでは、極度の緊張を強いられるのでした。

今でも忘れられない苦い思い出があります。当時小学1年生だった私は、母と次女君江と三人で動物園に出かけました。いちばん下の亮子はまだ小さかったので家でお留守番でした。君江は母が押すベビーカーに乗っていました。

国鉄の天王寺駅の改札を出たばかりのところだったと思います。一瞬、母の後ろ姿から目を離してしまいました。大勢の人混みに圧倒され、右を見て、左を見たら、もう母の姿は見えなくなっていました。周囲をぐるぐる見渡しましたが、どこにもいません。「どうしよう……、叱られる！」。最初に頭に浮かんだのは、その思いでした。というのも、母と一緒に出かけるとき、いつも私は、「ぼんやりするな！」「私にちゃんと付いてきなさい！」と注意されていたからです。

「母に叱られないように、なんとか自分で探さなくては！」。そんな必死の思いで、右に少し走り、左にも少し走りましたが、私は、自分が完全に迷子になってしまったことを自覚せざるを得ませんでした。

迷子になったとき、どうすればいいかは分かっていました。駅で迷子になったら駅員さんに「迷子になりました」と言う。私は意を決し、改札口付近にいた駅員のおじさんに声を掛けました。

「すみません、迷子になってしまいました……」

すると、その駅員さんは笑顔で接してくれて、私を駅の事務室に連れていってくれました。そこで、年配の駅員さんに自分の名前と年齢を伝え、構内アナウンスで呼び出してもらいました。その間、駅員さんと楽しくお話をしながら母を待ちました。

母が駅事務室にやってきたのは、それからしばらくしてのことでした。

出入り口付近で駅員さんに挨拶すると、私が座っていたところまで、鬼のような形相でベビーカーを押しながら突進してきました。いえ、実際には〝突進〟というほどではなかったかもしれませんが、あのときは本当に、私は母の押しているベビーカーにそのまま轢かれてしまうのじゃないかと思うくらいのスピード感と威圧感がありました。

「あんた、何、やってんの！」

バシッ！と、お尻を一発打撃。

駅員さんが「お母さん。ちょっと、やめてください……」と静止に入るのも遮り、「私から、目を離さんときって、いつも言うてるやろ！」。

母の怒りを一気に浴びて、「ごめんなさい……」と言うのがやっとで、ずっとうつむいていました。

「駅員さんに、みなさんに謝りなさい！」

今度は、駅員さんに対する申し訳なさにさいなまれていました。

それ以来、私は一度も迷子になることはありませんでした。駅の事務室で見たわが母の鬼の形相は今でも思い出せます。

ショッピングセンターの階段踊り場で「ステイ」

母は基本的に、どんなときでもマイペースで動きたい人なので、子どもの足に歩調を合わせたり、子どもの安全面に気を配ったりするのを「めんどくさい」と嫌がっていました。

しかし、3人も子どもがいて、一緒に生活している以上、まったく連れ歩かないわけにはいきません。そこで、一緒に出かけるときは、子どものほうが「母親とはぐれないように」気を配ることになります。

それでも、足手まといと母が感じるときは、途中から別行動を取ることになります。いや、別行動というより、子どもを飼い犬のように「ステイ」させるわけです。

私たち子どもがよく「ステイ」させられたのは、自宅から自転車で20分のところにあるショッピングセンターです。出かけるのは月に1回ほど。私が小学校低学年の頃は、母が君江を自転車の荷台に取り付けた座席に乗せ、私は自分の自転車で後ろからついていきました。亮子は、まだお留守番です。

ショッピングセンターに着くと、私たちは階段に向かって直行します。そして1階と2階の間の踊り場に上がり、「あんたらは、ここにいなさい」と母から指示されます。つまり、「ステイ」です。母の心情としては、「誰にも邪魔されずに、自分の好きなものを見たいし、気兼ねなく買い物したい」というところでしょう。その間、私たちはいつ戻ってくるか分からない母親を、階段の踊り場で待つことになります。

ただ階段に座って待っているのはあまりにも退屈なので、階段ではよく君江と、当時はやっていた「グリコ」の遊びをしました。じゃんけんをして、グーで勝ったら「グ・リ・コ」で3歩、チョキで勝ったら「チ・ヨ・コ・レ・イ・ト」で6歩、パーで勝ったら「パ・イ・ナ・ツ・プ・ル」で6歩進むという、あの遊びです。特別面白い遊びではありませんが、とにかくヒマなので、何度も繰り返し遊びました。それでも、母はなかなか迎えに来てくれません。

母は「ここにいなさい」と、1階と2階の間の踊り場を指定しました。しかし私は、一つの場所にとどまり続けるのは危険だと思いました。というのも、ショッピングセンター内で長時間小さな子どもたちだけでいるところを誰かに見られたら、迷子か捨て子か何かと間違われて騒ぎになるかもしれないと思ったからです。母はそういったところには完全に無頓着なので、長女の私が何かと気を配らなければなりません。また、お店の人に「あの子ら、迷子とちゃうか？」と見とがめられ、「迷子のお知らせ」の店内放送をされたら、またしても母の逆鱗に触れることになります。

そこで、「グリコ」の遊びである程度の時間をつぶしたら、妹と売場をふらふら歩き回りました。とはいえ、いつ母が戻ってくるかわからないので、1階または2階の、階段からそれほど離れていない辺りまでしか行けませんでしたが。5分くらいして、別の場所で時間を過ごしてから、また踊り場に戻って「グリコ」をしたり、座っておしゃべりしたり……。

母が戻ってくるのは、たいてい1時間後くらいでしたが、ときには2時間くらい待たされたこともあります。おとなしく待っていたことに対して特にほめられもせず、また、ご褒美に何か買ってもらえることもなく、「さあ、帰るよ」ということで、あっさりそのまま帰りました。母とお出かけ、といっても、自転車でショッピングセンターまで行って、階段で「グリコ」をするだけ……。それでも、私たち姉妹にとっては特別な日でした。母と長い時間一緒にいられるからです。

今でも、ショッピングセンターやスーパーマーケットの階段付近を見ると、「お母さん、いつ戻ってくるんやろ」と妹と待っていたあの頃を思い出したりします。

夕食は自分たちで調達する

三女の亮子は母があまり関心を持っていなかったせいで、幼稚園の頃から一人で行動することが当たり前になっていました。

父と母は、平日は毎朝、7時半頃には、会社に行くため2人で一緒に車で出かけます。その後、私と君江は、小学校に行くため8時過ぎに家を出ます。そして、最後に亮子が8時半に、一人、戸締まりをして家を出ます。自宅から幼稚園バスの乗り場までは歩いて10分ほどです。どこの家庭も当たり前のように保護者と一緒にバス乗り場まで来ています。でも彼女は雨の日も風の日も、一人で歩いて幼稚園バス乗り場まで通います。母としては、そこに行けば、幼稚園バスが迎えに来るので、大丈夫だと思い、途中に事故があるかも知れないなどと、気にもならなかったのだと思われます。

午後2時過ぎに、亮子は幼稚園バスを降り、そこからまた一人歩いて帰宅。自分でカギを開けて家に入ります。私や君江が小学校から帰宅するのは、午後4時ごろですから、亮子は、2時間近く一人で留守番をしていました。私たち姉の2人は外に遊びに出かけることが多く、彼女は自宅で絵を描いたりしながら、一人遊びをしていたようです。

また、わが家では夕食のない日がよくありました。帰宅は両親とも毎日8時過ぎになっていました。そのあと、何か作ったりすることもあったのですが、外で食事して帰ってくることも多く、いつからか子どもたちは自力で夕食を考えるようになっていました。

とはいえ、家に常備されているのは、米、味噌、牛乳、ポールウインナー、塩昆布、ふりかけ、たまにマルシンハンバーグくらいで、夕食代金も特に渡されていなかったため、空腹を満たすには自分で何とかするしかありませんでした。米を炊いてポールウインナーを焼いて、ふりかけをかけて食べる、もしくは、塩昆布でお茶漬けをするなど、そんなにレパートリーはありませんでした。

そこで私の編み出した方法は、夕方の時間帯に近所の友達の家に遊びに行くことです。時間に気づかないふりして午後6時過ぎまで遊んでいると、たいていは友達のお母さんが「そろそろ晩ご飯やけど、一緒に食べていく？」と声を掛けてくれるからです。私には、そうやって夕食をご馳走してくれる（いつもではありませんが）友達の家が数軒あったので、「今日は晩ご飯なし」が予想される日は、そういった方法で乗り切っていました。

ちなみに、わが家では子どもが学校を休むことは、絶対にご法度、許されませんでした。どんなに発熱していても、咳き込んでいても「子どもは風の子。学校に行けばすぐに治る」といった論理で、母に寝ている布団を敷布団から捲られて、転がされて、這うような思いで学校に行きました。子どもが病気で学校を休むと、親は医者に連れていったり、お昼ご飯を作ったりしなければならないので、母はそれがめんどくさかったのだと思います。実際、私は小学校・中学校・高校の12年間で病欠した日は1日もありません。体調が悪い日は逆に「学校に行って保健の先生に診てもらいなさい」と言われたくらいです。今でも、大きく体調を崩さないように体調管理にはとても気を使っているのは、この頃のスパルタ環境からだと思われます。

「甘えを一切許さない」という育てられ方は、その後の人生にもとても活かされていきます。

ホンマのお父さんじゃない？

母から聞いた話ですが、父は熊本市内で小さな衣料品店を営んでおり、その商品の仕入れのため大阪に汽車を利用してよく往復していたそうです。そのとき母は、日本食堂という当時国鉄のエリアで車内販売、食堂車、駅構内の食堂などを営業していた会社に勤めていました。

父と出会うきっかけとなったのは、福岡県の博多駅構内の食堂で勤務していたときでした。何度も手紙を渡されたり、会社に電話を掛けてきたり、猛烈にアタックしてきたそうです。母は当時20代はじめで、お見合い相手も紹介されていましたが、17歳年上の父の積極性と面白さに惹かれていったそうです。

会うたびに「運命の人はこの人」と思うようになり、まさか既婚者とは知らずに、恋仲になったのです。そして、ある日、母が初めての妊娠を父に告げると、「申し訳ないが、堕ろしてくれ」と、まだ離婚協議中の妻がいて3人の娘がいることを告げられます。「離婚が成立したら、正式に結婚しよう。それまでに、子どもができると困る」ということになったそうです。そしてしばらくして、２人目の私を身ごもったのです。「この子は、絶対に産む！」と強く決意した母は、妊娠していることを周囲にも隠し通したのでした。

私を産むときに母は、「男の子が生まれれば、今の奥さんと離婚して、ちゃんと結婚できるかも知れない」と、期待を抱いていました。赤ちゃんの存在を使って、結婚の切り札にしようと考えたのでした。なぜなら、今の奥さんには、跡取りとなる男の子がいなかったからです。しかし、産まれてきた私は女の子でした。母は、その事実を確認してとても落胆したそうです。それから私は、「男の子が欲しかったのに！」「あんたを産んだおかげで、私の人生むちゃくちゃやわ！」と、ことあるごとに、母から言われるようになります。

それほど、母の「男の子を産みたい」という執念は強かったのです。そして母は、子どもをさらに2人もうけることになります。しかし、どちらも女の子でした。母は女の子だと分かると、とても落胆しわが子に対する興味を次第に失っていってしまったようです。そうだとしても、出生届を提出しない理由にはならないので、中学3年生のある時、母を問い詰めたことがありました。

するとその理由はとてもあっさりとした単純なものでした。「お父さんが、離婚が成立したら、みんな一緒に籍に入れるので、それまで待っていてほしいと言っていたから」と。私たち姉妹に戸籍がなかったのはそのためです。

世間知らずなのか、恋する乙女なのか、父の言葉を信じ切っての行動が無戸籍期間を作ってしまいました。

そんな母が、いつも気にかけていたのは父でした。当時の母はとにかく父のことを尊敬し、大好きだったので、母から父に向けての会話は全て敬語でした。四六時中、父の言動にばかり注目していました。娘たちのことなど二の次で、私たち姉妹は物心ついた頃から、ほとんど父が中心の日々でした。母は、父のためには率先して食事を作るのですが、子どもたちに対しては、それほど気持ちが向いていなかったようです。「おなかすいた。何かないの？」と聞いても、「適当にあるもの食べておきなさい」という返事がよく返ってきていました。

父は、愛人である母とその娘である私たちと、5人でほぼ毎日一緒に暮らしていました。母は父の経営する会社で電話番兼経理として働いていたので、二人で一緒にいるほうが、なにかと都合がよかったのでしょう。

父は、本妻との本宅がある熊本には毎年お盆と正月にしか帰っていませんでした。長い期間、母とは別居もせずに暮らしているのですから、もっと仲良くしても良さそうなものですが、お互いに自己主張が強すぎるため、どうしても衝突せざるを得ないという感じでした。

夫婦ゲンカの原因は、父の仕事の内容のことが主でした。経済的な理由から、衝突しているのだと推測していました。「職人や下請けにお金を払うように、私にもちゃんと給料払ってください」と母が父に進言しているのをよく耳にしていました。母はいつも子どもたちに「うちには、お金がないから我慢しなさい」と、ことあるごとに言っていました。

ある日、帰宅した両親は1階の茶の間で激しく言い争い、激高した父はものすごい勢いで家を飛び出していきました。その様子を2階で聞いていた私たち姉妹はハラハラしていました。そして、しばらくして母は私と君江がいる2階に、勢いよく上がってきました。

「あんたら、ちょっと、よう聞きや！」「あんたら、もう子どもちゃうから、話しておくわ」と、いつになく神妙な顔をした母を見たのは初めてです。

「あんな、あんたらのお父さんはな、あんたらのホンマのお父さんとちゃうからな」という突然の告白に絶句してしまいました。

「え～、あの人、じゃあ誰なん？」と恐る恐る聞き返すと、母は「だから、あの人は、あんたらのホンマのお父さん違うっていうてるやろ！」と興奮しながら繰り返すだけでした。父の顔が頭に思い浮かび、そこに妹たちの顔もオーバーラップしてきます。特に君江の顔は、父ととてもよく似ていてそっくりだったからです。

あんなに似ているのに、違うの？　それとも、父親がバラバラで私だけが違うのかな？

頭の中が混乱していたら、次に出た母の言葉は「もう、お母さんは家を出ていくから、お父さんに付くかお母さんに付くか決めなさい」というものでした。

「お父さんがホンマのお父さんと違うなら、いつの日か捨てられるかも知れないし、それならお母ちゃんについていくしかないかな？」「でも、お母ちゃんは、お金ないていうてるし……」母の突然の告白によって、究極の選択肢を言い渡されました。

結局、この後、父は私たち3姉妹と血のつながった本当の父親であると分かり、また母が家を出ていく話もなくなりました。父と母は婚姻関係になく、子どもらの認知もしていなかったため、「戸籍上の父親ではない」と母は言うべきだったのです。おそらく母はたいして深い考えもなく、父とケンカした腹いせに、「あの人にとって都合の悪い事実を子どもに暴露してやろう」というつもりだったのでしょう。

しかしこの時点で、私はそういう事実を一切知らされておらず、「本当のお父さんではない！」という衝撃の事実だけが頭にインプットされてしまいます。そして、「このことをお父さんに問いただしてはいけないのだ」と子ども心にも父に気を使ってしまうのでした。

それにしても、わが家はまわりの友達の家と違って、なんて特殊なのだろうと実感しました。母は気分やで感情に任せて子どもにあたってくるし、自分中心で私たち子どもには構ってくれない。父は厳しかったけど威厳があると思っていたのに実はそうでもなく謎が多くて、なんだかよく分からない。両親はいつもケンカが絶えず仲が悪い。私はいつまで、こんな家で暮らしていかなければならないのだろう……。もう心が持たない。精神がつぶされ壊されてしまう……。

それが私が小学4年生、10歳のときでした。そのとき「あと大人になるまでに、10年か。まだまだ、長いなあ……」と思ったことを明確に記憶しています。

小学4年生でも、20歳で成人することは知っていました。成人すれば、自分でお金を稼いで自分で生活していくことができます。しかし、成人するまでは自分で生活していく力がないので、どんな不遇な家庭でもここでしか生きていくすべはなく、親元で食べさせてもらうことが必要でした。

そんな居心地の悪すぎる暮らしの中で、「私は成人したら、絶対にこの家を出ていく。それまでは、我慢せなあかん。あと10年や。それまではこの人たちと上手に付き合っていこう」と心に誓ったことを、強く覚えています。

いわゆる普通の家庭にある両親ではないとハッキリと理解した私は、根本的に付き合い方を変えていこうと決心したのでした。

第2章

毒親に認められたい——学業に励むも、直前で受験中止を言い渡され絶望

中学受験で人生を変えたい

小学校時代の私は、おとなしくて目立たない女の子でした。これはわが家の家庭環境が影響していると思います。「私はこれが欲しい」「私はこれがやりたい」と、いくら自己主張しても、父母にことごとく否定されます。逆に倍になって詰められたり反撃されたり暴言になって返ってくるのです。そのおかげで、すでに小学生の時点で「何を言っても無駄」と諦めの境地に達していました。

小学校の卒業時の各児童に向けてのコメントで、担任の先生は、こんな文章を私に向けて寄せてくれています。

おとなしくて、いつもどこにいるのか、わからない楓ちゃん。中学生になったら、自分からもっと前に出て、自分の意見を発言しましょう。

このように、外面的にはおとなしく引っ込み思案な小学生でした。しかし毒親から鍛えられている分、同じ年頃の子どもたちよりも、メンタルが強靭になっていたと思います。

また、友達の家で夕食にありつく算段をするなど、計算ずくでしたたかな部分も持ち合わせていました。また、決して口には出しませんでしたが、「あんたらみたいな両親に私の人生を台なしにされてたまるか！」という強い信念を抱いていました。そして、「あんな家、あんな親に育てられたから不良になったんやろ?」と思われることをとても嫌っていました。自分の価値、尊厳を軽んじられたくなかった思いと、この世に生まれてきた存在意義を見出したかったのでした。とにかく、不遇な家庭環境だからといって、自分の人生を棒に振るような行動をしたくなかったし、自分に「言い訳する」ことのないように、心がけていました。こういった幼少期からの積み重ねが、生きる力を鍛えていったのだと思います。


こうした自分の思いを実現するために、考えていたのが私学の中学受験です。

私の中では、かねて一つの疑問がありました。それは、いつもお金がないという話が出ている割には、父は高級車のクラウンに乗っており、会社の社長という肩書があるし、ホンマはお金がちゃんとあるのではないか?という疑問です。

そこで、もしかして、ダメ元で提案してみたらどうかな?という思いである日、母に尋ねてみました。

「なあ。もうすぐしたら中学生やけど、公立は校内暴力で荒れてて行くのイヤやから、私学受けてもいいかな?」

「えっ? あんた私学に行きたいの?」

「うん。今の成績やったら、難関校の上の方に行けると思う」

私は、有名女子校の難関校を3つくらい具体的に挙げて母に伝えました。

「へえ。そんなとこ行けんの?」

私は、5年生のときにお小遣いを少しずつ貯めて『関西私立中学校案内一覧』というガイドブック本をひそかに手に入れて、自分が行きたい中学校の研究を始めていました。

特に英語を話せるようになって海外に行きたかった私は、5年生のときに『小学生からの英語』という本を母に頼み込んで買ってもらい、独学で勉強を始めていました。そのため、英語に力を入れている女子校を探していたのでした。

どうしてそこに行きたいのか、母にしっかりと思いを伝えプレゼンしました。

ここで、失敗したら一巻の終わり……。緊張が走りながら、思いをぶつけました。

すると、母はあっさりと
「あんたが、そこに通るなら、行ったらええやん」

「えっ！　ホンマにええの！　ありがとう！　私、むっちゃ頑張るから」

ヤッター！　これで、オッケーもらった。

この時は、天にも昇る心地でした。

やっぱり、ダメ元でなんでも聞いてみないとだめだなと、この時は思いました。

母の中では、ブランドのある有名女子校の名前を挙げられて、自分の娘がこんなところに行けたら自慢やなと、プライドをくすぐられての返答だったと思います。

でも、そんなことはどうでもよく、承諾してもらえて、中学受験の切符を手にできた事実をかみしめていました。そして、うちにはやっぱり、それくらいのお金はあって大丈夫なんやと、ほっとしました。

こうして私は、中学受験を母に認めてもらいました。

そして当時小学生向けに全国模試を行っていた駸々堂《しんしんどう》という出版社での模擬試験を受け、その都度、母に成績表も確認してもらい着々と受験に向けて進んでいきました。

順調に学力を伸ばし、そして

受験生になったとはいえ、私はごく普通の小学6年生でした。それまで、家では宿題くらいしか勉強したことがありません。学習塾はありましたが、さすがに行かせてほしいとも言いだせず、かといって、いざ受験勉強しようといっても、どこから手を付けていいのかも分かりません。

そこで、もともと中学受験を目指していた同級生の友達と、週に何度か集まって勉強会を開くことを提案しました。メンバーは私も入れて4人です。

最初から、私がリーダーシップをとり、参考書や問題集は『算数　力の5000題』『自由自在』のシリーズを母に購入してもらい計画的に取り組んでいきました。

普段は引っ込み思案だった私ですが、ここは本気モード全開で、勉強会ではみんなを引っ張っていくようになりました。

今、ここで私の人生を振り返ってみると、あの頃がいちばん勉強に燃えていて、学習意欲が高かったのではないかと思います。

その後、合計4回に及ぶ全国模擬試験を受け、私たち勉強会のメンバーは着実に力を付けていきました。志望校はそれぞれ別々でしたが、最後の模試では全員が合格可能ライン以上になり、「最後まで気を抜かずに頑張ろう！」と励まし合いました。

私も、志望中学の合格可能ラインに入り、その個人成績表を母に見せましたが、「ふうん……。そう」と、気のない返事で興味を示してもらえませんでした。

相変わらず、拍子抜けで、「もっと喜んでくれてもいいのに……」と寂しく思いましたが、そんなことより合格さえできたらそんなことはどうでもいいこと。とにかくあと少し、気を抜かずに集中して頑張ろうと息巻いていました。

母に中学受験のハシゴをはずされる

そして、いよいよ12月、志望校の願書を取り寄せる時期になりました。

願書取り寄せにもお金がかかるため、母にその話を切り出しました。

「あんな、中学の願書取り寄せのことなんやけどな。そろそろ始まんねん」

「はあ？」

「だから、私学の願書そろそろ取り寄せるのにお金かかんねん」

「はあ、あんた、何考えてんの？」

「えっ？」

「あんた本気で、中学受験なんて考えてんのか？」

「いや……。だって、ずっと受験勉強してたやん。全国模試も受けたし、模試の成績表も見せたと思うけど……」

「あんた、お姉ちゃんやろう。下に妹が二人いて、それぞれお金がかかるのに、あんただけ私学に行かせられるわけないやろ！　あんた、妹たちのこと何も考えてへんのかい！　まったく、アホちゃうか！」

母の高圧的なマシンガントークを聞いて、私は頭の中が真っ白になりました。

「えっ、ちょっと待って……。それじゃ中学受験、できないってこと？」

「当たり前やろ！」

「そ、そんな……」

私は、この状況がのみ込めず、そのうえ、自分に向けて攻撃されている状況のやるせなさに、感情が爆発して泣き出してしまいました。

中学受験していいって言ったから、今日までずっと勉強してきたのに。模試も4回受けて、成績表もその都度見せていたのに。それなのになぜ、私はめちゃめちゃ怒られているんだろう？

「ダメならダメって、早く言ってよ！」

「あんたが本気で考えてたなんて、お母さん知らんかったわ！　うちはお金がないっていつも言っているやろう。長女のあんたが、なんでそれを分からへんの！　わがまま言うのも、大概にしときや！」

母の怒りはそれだけでは収まらず、ご丁寧にも妹たちに報告するのでした。

「ちょっと、よく聞きや。あんたらのお姉ちゃんは、自分だけお金のかかる私学に行きたいって、言うてるわ。あんたら妹のことなんか、これっぽっちも考えてないんやで！　自分勝手やろ！」

母に中学受験へのハシゴをはずされて大泣きしながら、次の瞬間、私はこれで中学受験のチャンスがなくなったことを冷静に理解しました。なんでウチはいつもこうなんやろ……。ショックはショックでしたが、頭の片隅で「やっぱりな……」と妙に納得している自分もいました。ともあれ、5月から約8カ月間、勉強会のメンバーと一生懸命に受験勉強を続けてきましたが、すべて無駄になってしまいました。

「そうや、勉強会のメンバーには、どう説明すればええんやろ……」

次に私が頭を悩ませたのはこの問題でした。週1~2回の勉強会を通して、せっかくみんなと親友になれたのに。あんなにみんなで「最後まで諦めずに頑張ろうな!」と誓い合ったのに……。子どもながらに、勉強会のメンバーに合わせる顔がない、と思いました。しかし、いつまでもメンバーに黙っているわけにはいきません。そもそも、自分はもう勉強会に参加する意味も資格もないのですから……。

次の日の放課後、私はメンバーに打ち明けました。

「あんな、中学受験やけど……急に、親がダメやいうて、受験でけへんようになってん」

意を決して、ポツリポツリと言葉を絞り出しました。

みんな、衝撃的な報告に、事態がのみ込めずにぽかーんとしていました。

「え、どういうこと？」という顔で、みんなの頭の上に、マンガみたいに「？」マークが浮かんでいるのが見えました。

「それって……？」

「せやから私はもう、受験でけへんねん」

そう言い終わった途端、私はこらえきれず号泣してしまいました。その様子を見て、メンバーもようやくこの事実を認識できたようです。

みんな、おそらく気を利かして、「どういうことか？」と私に問いただすことはせず、「そうなんや……」とうなずいてくれました。それだけにいっそう、悔しさ以上に、自分がみじめに思えてなりませんでした。

今でも、母がなぜ一度承認した中学受験の約束を反故にしたのか、その理由ははっきりと分かりません。

例えば、「その時は中学受験してええって言うたけど、急にお父さんの会社の業績が悪くなって、あんたを私学に行かせるお金がなくなったから、今回は諦めてや、ごめんな」など説明してくれれば、小学生の私でも「それじゃあ、仕方ないな」と、不本意ながらでも納得できたはずです。ところが母は、「あんたは長女のくせに、妹たちのことを考えてないなんて自分勝手すぎる！」と、論理を飛躍させていきなり叱責してきたのです。本当に絶対子どもにやってはいけない叱り方です。

この騒動もまた私のトラウマの一つになりました。一生懸命に頑張ったところで、結局親の一存でハシゴをはずされる。頑張ったところで仕方ないのかも……。やるせない気持ちをどこに持って行っていいのか分からなくなりました。でも気持ちを切り替えるしかありません。中学校は義務教育で必ず行けるので、まあそこで頑張って高校受験で挽回しようと。そこまで思い直せるのに半年以上はかかりました。

戸籍謄本で明らかになったこと

中学受験ができなくなった私は、地元の公立中学に入学することになりました。当時校内暴力が盛んな時代背景もあり、そこも暴行事件で新聞の1面を飾った悪名高い中学校です。

一方、勉強会のメンバーだった私以外の3人は、それぞれ志望校にめでたく合格しました。もちろん、「合格おめでとう！　よかったね」とそれぞれに声を掛けましたが、私の心中はとても複雑でした。私だって、入学試験をきちんと受けさせてもらっていれば……という思いがどうしてもぬぐいきれなかったからです。

さて、小学6年生のときは絶対行きたくないと思っていた公立中学校ですが、入学してみると、それなりの中学生活が送れることが分かりました。確かに不良の多い荒れた中学でしたが、生徒全員が不良というわけではなく、特に不満を感じたわけではありません。ただ、ときどき、登下校時に私学のかわいい制服を着たみんなの姿を見かけたりすると、「いいなあ……」と思わず羨望のため息が出て、落ち込みました。もう、こちらから声を掛ける雰囲気ではなかったので、ただ遠くから見つめることしかできませんでした。

中学受験の悪夢さえ思い出さなければ、中学校生活は淡々と過ぎていきます。そんななか、私自身は「早く気持ちを切り替えよう！」と心がけていました。トラウマが一つ増えたし、「しょせん頑張っても報われることはないんだな」と悲観的に考えるときもありましたが、小学4年生の頃に描いた「20歳になったら家を出る」という夢を実現するには、心機一転、高校受験で頑張るしかないと思い直していました。

幸い、中学時代は学業でつまずくことはあまりありませんでした。中学1年生のときは学年で2番、女子で学年トップでした。中2でも上位10位以内には入っていて、勉強は「割と楽勝！」と高をくくっていました。

潮目が変わったのは中3になってからです。他の地方ではどうか分かりませんが、関西の学校では、成績優秀だと「あいつ、イキってる（調子に乗ってる）んちゃうか」と言われ、いじめの対象にもなります。学年が上がるごとに、同学年でも不良が増えてきたので、「成績面であまり目立ちたくない」という気持ちもあって、勉強にあまり身が入らなくなっていきました。

また同級生たちからも影響を受けました。同級生の多くは茶髪&パーマのいわゆる不良で、教室でも堂々とタバコを吸っています。私のところにもタバコが回ってきましたが、「私は吸わないから」と吸うのはスルー。しかし、「真面目に勉強するのはアホらしい」という思いも次第に募っていき、さらに勉強から遠ざかるようになりました。

それとほぼ同じタイミングで、父と母の関係が急激に悪化していきました。私が中3の頃が、夫婦仲がいちばん悪かったような気がします。いつも家の中で両親は毎日のように罵声を浴びせ合いながら、大声でのケンカがたえず、とても高校受験のための勉強ができる環境ではありませんでした。たいがい私が審判員としてジャッジするようにお呼びがかかるのです。

「楓、1階に下りてきなさい！　何してんの？　早く下りてきなさい！」

近所迷惑なくらい2人で大声を張り上げているので、渋々階下に下りると

「お父さんか、お母さんか、どちらが正しいか？　あなたはどう思うか？」と。

二人同時に、私にその謎な質問を投げかけてくるのです。「そんなこと知ったことじゃないわ……」と思いながら適当に返事をすると、私が二人の標的になって、こちらに火の粉が飛んできます。

「あんたは、人の話をちゃんと聞いてへんのか？　ええ加減な答え方をするな！」と叱責されます。もう、これは私が二人の話を聞いて、鎮火するしかすべがありません。

とにかく、お互いの意見をちゃんと聞いてみて、「それなら、お父さんが悪い。お母ちゃんは悪くない……」と言います。すると、父が「おまえは、ちゃんと話がきかれないのか？」と、口論になっている詳細を話し出します。それを聞いた私が「それならお父さんは悪くない」と応じると、今度は母が、「あんたはお父さんの味方なのか？　それやったら、私は出ていくから、お父さんと一緒に暮らせばいいのよ！」という次第です。

右を立てれば左が立たず、左を立てれば右が立たず。もうどちらに軍配を上げても私が怒られる。人の大切な受験勉強の時間をこの人たちはどう思っているのだろう？　私はさすがに堪忍袋の緒が切れ、「もう、二人とも正しい！　そしてどちらも間違っている！」と叫んでいました。「いい加減に、二人で解決しろ！」と言い放ち、二人を残して2階にまた上がっていきました。

勝負がつかなかったため、こんどは次女に向かって「君江、君江！　1階に下りてきなさい！」となりますが、次女は私よりも賢く、「私は、あの人らには、関わらへんから」と無視を決め込んでいました。しばらくして、さっきまでの大声が消え、様子を見に1階に下りると、何事もなかったように二人で晩ごはんを食べているのです。

「えっ？　なんやそれ！」と、いちいち真に受けて対応した私が馬鹿を見るのです。こんな日常が、しょっちゅう繰り広げられていました。

私としては、少しでも解決して二人をスッキリさせてあげたいという思いから、仲裁に入るのですが、両親は承認欲求のぶつけ合いで、泥仕合なのです。こんな理不尽な巻き込まれ事故を経験してから、ケンカをしている仲裁などには、静観するのみで関わってはいけないことを学びました。

私には、高校に行かないという選択肢は、絶対にありませんでした。この両親の呪縛から脱出するためには、なんとかして上の学校へ行って社会に出ていく道を見つける方法しかないと思っていたからです。

また、父が小学校卒業から旧制中学、高等学校へ行かずして、当時の満州国の国立工業大学の機械科に17歳で合格し、卒業していた学歴から、子どもには絶対的に学業が優秀であることが求められました。父が合格した当時の新聞には、「37倍の最難関である満州国の国立大学に17歳の青年が合格した」という趣旨の記事が書かれていたことを覚えています。父は、その新聞の切り抜きを私たちに「お父さんは賢かったんだ」と、誇らしくよく自慢してみせていました。

母は、高校は憧れていた熊本の女子商業高校を受験して合格したものの、家計の事情で断念せざるをえず、手に職を付けるべく地元のドレスメーカー（洋裁）専門学校に通ったそうです。母の兄や弟たちは、国立の大学、姉たちは高等女学校や普通高校まで出してもらっているのに、私はダメだったということで両親（祖父母）に対して憎しみのような感情をよく吐露していました。そのため、母は学歴コンプレックスが人一倍強く、子どもの学業ができることを誇りに思いそのことで自尊心を高めていました。

公立高校を受験するには、受験生の住民票が必要になります。そこで私は中3の秋、家族関係に不信感を抱いていたため、戸籍謄本を取り寄せることになるのです。このときに、小学校に上がるまで戸籍がなかったという事実を知ったわけですが、驚きの事実がもう一つありました。「母」の欄には、母の本名である「川中洋子」の名前が記載されていましたが、「父」の欄は空欄のままだったのです。

私の頭は、ここでもすっかり混乱してしまいました。これはもう、母に問いたださずにはいられません。そこで、戸籍謄本を示して説明を求めると、母は「お父さんはあんたらのホンマのお父さんと違うって前から言ってるやろう」と言うのです。父は私たちを自分の子として認知していなかったため、戸籍上に父親としての記載がされていなかったのです。父親の欄が空欄の戸籍謄本をみて、ホンマのお父さんではなかった意味がここではっきりと理解できたのです。

自分自身の出生の秘密を知る

それからしばらくして、新たな展開がありました。それは以前見た戸籍謄本と同じに見えましたが、少し違っていました。前に見たとき空欄だった「父」の欄に、「橘 文雄」と書かれていたのです。

「お父さんに、あんたたちを認知してもらったから」と得意げに話す母でした。

私としては「そんな恩着せがましく言われても……」

「ありがとう……」って、言えばよいのか、複雑な気持ちでした。

それに、父の名前が「文雄」なのは知っていましたが、なぜ「川中」ではなく「橘」なのでしょうか。そういえばずっと昔、まだ小学校に上がる前は、私も「川中」姓ではなく、「橘」姓だったな……。

母から説明を受けるうちに、私の中で長年わだかまっていた謎や疑問が少しずつ解けてきました。

例えば、小学校に入学する直前、私の名前が「橘」から「川中」へと突然変わったこと。それまでは戸籍がなかったので、通称で「橘」と呼ばれていましたが、戸籍に川中洋子の女「楓」と記載され、それが本名になった以上、小学校には「川中 楓」として通わなければならなくなったのです。ちなみにこのように非嫡出子の場合、戸籍謄本の子どもの欄に長女、次女、三女とは記載されず、それぞれに「女」としか記載されないのです。ある日、国民健康保険証を見たとき、如実に分かりました。3人の子どもの名前の前には、女　楓、女　君江、女　亮子としか書かれておらず、そこに母の字で「長」女、「次」女、「三」女と、明らかに書き足してありました、これらを見て日本の行政は、非嫡出子に対して残酷だなと思いました。

ところが、新たな戸籍謄本には「父」欄に橘　文雄の名前があります。そのとき私は初めて、「認知」という言葉とその意味を知りました。父が、私を自分の子どもだと「認知」したことで、私の戸籍の「父」欄に父の名前が記されたのです。

「でも、お父さんの名前は橘　文雄って書いてあるやん。お父さんの名前は川中文雄やないの？　どっちが正しいの？」

「それは、戸籍謄本のほうが正しいんや」

「そしたら、お父さんの本当の名前は橘　文雄なの？」

「そう。お父さんはお母さんを籍に入れてくれへんから、名字が違うんや」

これまで謎だった多くの疑問の答えを知ったのが、この母との会話でした。

「どういうわけか、わが家は友達の家とどこか何かが違うようだ……」とずっと感じていた違和感の正体がやっと分かった、という感じです。「え、そうだったの！」というショックと驚きはもちろんありましたが、長年の謎が氷解して、どこかほっとしたことを覚えています。

また、母が長年、父の正妻になりたいと願いながら、それが果たされずにいる悲しみ、苦しみを、このとき初めて知った気がします。そういう意味で、真実を知ることができて複雑な心境ながら、良かったと思いました。

困ったことも発生しました。これまでわが家では、小学校や中学校に提出するさまざまな書類については、保護者の名前を「川中文雄」と書いてきました。私の名前が「川中」なのだから、父の名前も当然同じはず。私が学校関係のプリントに保護者の名前を書かなければならないときも、父の名前は「川中文雄」にしていました。母はそれが本名ではないと知っていましたが、保護者欄に通称＝正しくない名前を書いても特に問題はないと勝手に判断していました。

しかし、高校受験となると、そうはいきません。公立高校の場合は、大阪府の住民である証拠として住民票が必要になるので、父の名前は法律的に正しいものを記入しなければなりません。高校の３年間、ずっとそのルールに従わなければならないというのです。

「そんなんイヤや。今までもずっと、父の欄は川中文雄って書いてきたやんか。それを、お父さんの名前だけ橘の姓にしたら、『なんでお父さんの名字が違うんや』って、思われる。自分自身も両親が結婚してないなんて、周りに知られたくないし、惨めな気持ちで友達と向き合えない」

「公立高校やから仕方ないやん。私立の高校やったら、通称でも大丈夫やと思うけど」

「ええ〜、そうなん。だったら、私、高校は私学に行きたい！」

このときも、両親は最初「ＯＫ！」と言ってくれていたのです。大阪でもレベルの高い私立女子高を専願（単願）で受験してもいいと、確かに言ってくれました。

ところが、私の希望はまたしても裏切られました。中３の12月までは「私学の女子高を専願で受験する」ということになっていたのに、年が明けるといきなり、母にこう言われたのです。

「あんた、ウチにお金ないの知ってるやろ！　公立高校に行ける成績あるんやったら、なんで公立に行かへんの！　公立に行きなさい！」

またしても、ちゃぶ台返し！　なんでウチはいつもこうなるのか……。

ともあれ、中学校の先生も「レベルの高い公立高校を狙いなさい」と言うし、すったもんだの末に「私立高校を併願で受けてもいい」と両親も折れてきたので、2月に私立女子校、3月に公立高校を受験することになりました。

公立高校入試にわざと失敗して私立女子高へ

2月に受験した私立女子校は、いわゆる〝すべり止め〟としてランク下の高校を選んだので、すんなり合格しました。

そして、大阪の公立高校の試験日は3月――中学校の先生も、両親も、こちらの公立高校が本命だと思っていました。私自身も試験会場に行くまで、いえ、本番の試験が始まるまでは、やっぱり公立高校に行かなくてはいけないのかな、と考えていました。

しかし、1教科目の国語の試験が終わる直前、「あれ、ちょっと待てよ」と鉛筆を持つ手が止まりました。幸い、試験内容はそれほど難しくなくて、自分でも「できた！」と手応えは感じたのですが、このままだと第1志望の公立高校に合格して、父の名字問題に悩まされることになります。これまで、家が汚くて友達が呼べないとか、家庭内ではほとんど自己主張できないとか、理不尽な理由で親に叱られるとか、毎日のように夫婦ゲンカに巻き込まれて心が安まらないとか、家の問題ではさんざん苦労させられてきたのに、今度はまた父親の名字が違うことで、高校でもイヤな思いをするかもしれない。さすがに、もう勘弁してよ！と思いました。そしてそのとき、自分でも「良くないな」と思うアイデアが頭に浮かんだのです。

「この試験に合格したら、もちろんこの公立高校に行くしかあらへん。でも、試験に不合格やったら、私学の女子校に行けるかも……」

時計を見れば、試験終了まであと5分くらい。もしアイデアを実行するなら躊躇《ちゅうちょ》している時間はありません。そして私は、それまでに書き込んでいた答案用紙の答えを最初から順に消しゴムで消していって、その次にわざと間違った答えを記入していきました。「私は今、取り返しのつかないことをしている！」という自覚が強烈だったので、鉛筆を握る手がぶるぶる震えていたのをはっきり覚えています。

不安がまったくなかったわけではありません。公立高校の受験に失敗した場合、「ウチに、私学に行かせるお金なんかないから、就職しなさい」と親に言われる危険性もゼロではありませんでした。しかし、この秘密の作戦を一旦始めてしまった以上、もう、後戻りはできません。２教科目の数学も、３教科目の英語も、４教科目の理科も、５教科目の社会も、わざとまんべんなく間違えるよう、神経を集中させて答えを書き込んでいきました。

そして、結果は、作戦どおり不合格でした。

担任の先生には「おまえなら絶対受かるはずなのに、いったいどないしたんや」と驚かれたので、「なんか調子悪かったんですよね……」と言い訳しました。両親には「なにやっとんのや！　アホか！」と叱責されたので、「あの日はなぜか体調がすごく悪かったんや……」と消え入りそうな声で弁解しました。特に父からこっぴどく叱られたので、一瞬、「これは私の人生、中卒で終わるかも」と覚悟はしていましたが、父もさすがに「かわいそうだから、高校くらいは出してあげよう」と考えてくれたようです。そして私立高の安くない入学金と授業料を渋々出してくれました。

１９８３年４月、私は歴史あるお嬢様学校である私立の女子高校へ通い始めることになります。当然、入学にあたっての書類には、父の名前の欄は、「川中文雄」と仮名で記入しました。これで、高校生活は両親の名前のことで悩まされることはなくなったのでした。入学式の日、このことをとても安堵したことを覚えています。

後年、私が30代後半の頃、母にこのときの事の顛末、事実を伝えてみようと思い立ち、当時の話をしたことがありました。さすがに私としては、60代になった母から「そんなにあなたを追い込んで申し訳なかった」と謝罪の一つでもあったら、気持ちが少しでも救われると考えたからです。しかし、私の考えはやはり甘かったです。

「えっ？　なに？　あんたそんなアホなことしたんか？　あんたが公立に落ちてくるなんてやっぱり、おかしいと思ってたんや！」と。全くもってけしからんと、昨日のことのように勢いよく責め立ててきたのです。無駄に私学に行かせた学費がもったいない。その当時の怒りが爆発していました。シマッタ……。いらんこと言ってしまった！

母の怒りの矛先を何か楽しい話にすり替えて、話を落ち着けましたが、やはり人の気持ちを理解しようとする感性が乏しいようで、以降私は、母に対して最大の注意を払い、言葉を選ぶようになっていきました。人の性格は、ちょっとやそっとでは、変わらないことを学びました。

高校では、頼まれて見学したダンス部に

私にとっての高校入試は不本意に終わりました。本当はそのエリアでトップクラスの女子高に行きたかったのですが、専願では受験させてもらえず、ランクを落とした女子高に入学しなければならなかったからです。しかし、後ろを振り返っても仕方ありません。自らの意思で、この道を選んだのです。

「次は大学入試。大学こそ、自分が本当に行きたいところに進学しよう！」

そうやって自分自身を奮い立たせて心機一転、勉強を頑張ろうと考えました。ところが、私の入学した女子高は、仏教系の伝統あるお嬢様学校で校訓に「良妻賢母」と書かれていました。祖母、母、娘の３世代この学校に入学したという格式ある家系の人もいました。いわゆる進学校ではなく、勉強にも、受験指導にも、あまり熱心そうとは思えません。「これはもう自分自身で頑張るしかない！」と気を引き締めたところから、私の高校生活は始まりました。

学校の授業には期待できませんでしたが、クラブ活動は盛んだったので、「よし、クラ

ブ活動で青春しよう！」と気持ちを切り替えました。以前からバトントワリングに興味があったので、部活動はバトントワリング部に入るつもりでした。

ところが、同じ中学からこの高校に進学した友人が、私に無理なお願いをしてきました。「ダンス部の練習を見学しに、一緒に来てくれ」というのです。なんでも、地元の先輩がこの高校のダンス部に所属していて、「練習を見に来て」としつこく誘われたため、「じゃあ今日、練習を見にいきます」とその先輩と約束してしまったのだそうです。

「でも、ウチはバトントワリング部に入部するつもりやから、ごめん、無理やわ」と私。

「いや、一緒についてきてくれるだけでいいの。別にダンス部に入らんでもいいから」と友人。

「入らんでいいの？　でもなあ……」

「ね、お願い！　私を助けると思って！」

その日はたまたま、バトントワリング部の練習はお休みでした。放課後の時間が空いていたので、「じゃあ、見るだけならいいか」とOKしました。

ところが当日の放課後、友人のお願いはさらにエスカレートしていたのです。

「ダンス部の練習、見に行ってくれることになって、ありがとう。じゃあ、私は行かなくてもいいかな？」

「えっ、ちょっと待って。それじゃあ話が違うじゃない。あなたが行かないなら、私も行かないよ」

「あかん、それは困る。川中さんて人が見学に行くって、もう先輩に言うてもうたんや。私、実はバスケットボール部に入りたいんや。私がダンス部の練習を見に行くと、入部せなあかんことになるから、お願い、楓、見学に行って。本当に見に行くだけでええから。それで見学したあと、『やっぱり入部できまへん』言うて帰ってきたら、それでええから。そうするのがいちばん波風立てない方法なんや。お願い、分かって！　頼む、このとおり！」

土下座までしかねない友人の勢いに押されて、とうとう私はダンス部の練習を一人で見学しに行くはめになりました。今思えば、その当時の私は人から何か頼まれると「イヤ」とは言えず、何でも安請け合いしてしまっていたなあ……と、反省しています。

何ともやもやとした気持ちでダンス部の練習場所である屋内体操場に行くと、ダンス部の先輩十数人と、見学に来た大勢の新入生がすでに集まっていました。新入生の数は10

人くらいいたでしょうか。

「遅れてすみませ〜ん」と言いながら、私が人の輪の中に入っていくと、「は〜い、じゃあ、あなたも体操服に着替えて」と先輩に言われました。「えっ、見学するだけなのに？」と思いながら、行きがかり上、他の見学者と一緒に体育館の更衣室で体操服に着替えることに。するとその流れで柔軟体操が始まり、軽めの練習へと進んでいきました。自分としては気が進まなかったのですが、「どうせ今日1日だけのことやし……」と思い直し、1時間ほど練習に参加しました。

ところが「あ〜、やっと終わった。これで帰れる！」と思っていると、今度は上級生が新入生一人ひとりに紙を配りだしました。私もつい受け取ってしまい、見ると「仮入部届」と書いてあります。「えっ？ このまますぐ帰るはずやのに……」と困惑していると、「練習に参加した人は、この仮入部届に名前書いて、出していって」と言われ、私がその紙に名前を書くのを上級生が待っています。周りを見渡すと、見学に来た新入生たちは黙々と名前を書いていて、なんとなくその雰囲気に呑まれ、「ま、ええか、どうせ仮入部やし」と、名前を書いてしまったのが運の尽き。自分で言うのもおかしいですが、根が生真面目というか、杓子定規というか、翌日からは律義にも、ダンス部の練習に参加することになってしまいました。

入部するつもりのなかったダンス部で部長に

ダンス部の練習を見学に行った翌日、友人と廊下で顔を合わせたので、私はさすがに文句を言わずにはいられませんでした。

「昨日ダンス部の練習を見に行ったら、なぜか仮入部させられたやんか！　どないしてくれんの！」

すると、友人からは逆に、「練習見たら、そのますぐ帰ってこいって言うたやないの！　なんで仮入部なんかすんの！」と怒られてしまいました。「な、なんで私が怒られなあかんの？」と、納得いかない気分でしたが、ここで逃げ出すわけにもいきません。

放課後、仕方なく体操服に着替えて屋内体操場に行くと、昨日から顔なじみになった上級生や新入生が楽しそうに談笑しています。

ダンス部に割り当てられたエリアのすぐ隣では、昨日練習がお休みだったバトントワリング部が準備運動を始めていました。少し遠くに目を転じると、友人がバスケットボール部ですでにドリブル練習をしています。

「あっ、ホンマにバスケ部に入ったんや。私はバトン部に入部するつもりやったのに、なんでダンス部なんかの練習に参加してるんやろ……」

それでも、ダンス部の先輩に「やっぱり辞めます」と言いだせないのが、私の弱さです。波瀾万丈の家庭環境で育ったため、できるだけ波風を立てずに行動するのが習い性になっていたのかもしれません。

「仮入部の期間は1カ月だっていうから、仮入部期間が終わったときに退部させてもらおう……」こうやって問題を先送りにするのも、当時の私の悪いクセでした。


それから1カ月間、ダンス部の練習に真面目に参加し、ついに仮入部から1カ月後、練習終わりに上級生が1年生にまた用紙を配り始めました。

「はい、今日で仮入部は終わりやから、みんな、本入部の紙書いて！」

そのときの心境は、自分でもいまだによく分かりません。ダンス部に入部したいなんてこれっぽっちも思っていなかったのに、先輩たちの圧に押されてあれよあれよという間にその場の雰囲気に呑まれてしまって、「え〜、私、本入部してしまうんですか……」という感じで、自分の名前を自動書記のように書き込んでしまうのでした。きっと、なんらかの詐欺に遭う人は、こういう反応をしてしまうのではないでしょうか。

その帰り道、「私の人生、どうしてこうもうまくいかんようになってるんやろう……」と思いながら、「でも、もう後戻りでけへんし、ダンス部って決まった以上はダンス部で頑張ろう！」とむりやり気持ちを切り替えました。

結局、その年にダンス部に入部した新入生は40人ほどいました。その当時、アメリカ映画『フラッシュダンス』が話題になっていて、若者の間ではダンスがちょっとしたブームになっていたようです。私はそのブームになんか全然乗っていなかったのに、あくまでもその場の成り行きで入部してしまったのでした。

ところが、この年の新入生の大量入部は、先輩部員たちにとって明らかに想定外だったようです。あるとき、練習後に忘れ物を更衣室に取りにいくと、偶然にも先輩たちのおしゃべりを聞いてしまいました。

「例年、1学年10人前後なのに、今年の1年生は数が多すぎるね」

「単なるミーハーで入ってきた子もおるし、本当にやる気があって能力が高い子を選別せなあかんな」

「これだけ大所帯やと全員に目を配れないし、今の4分の1くらいに絞らなあかんな」

1年生を選別するために、全員が本入部してからは練習が一気にハードになりました。私はもともと三半規管があまり強くないようで、ターンの練習を何度も繰り返していると、そのうち突然目の前が真っ黄色になってそのまま倒れてしまうことがしばしばありました。そんなときは、「あの子弱いな、風通しのいい窓際に寝かせとけ」と言われ、よく私一人だけ横になっていました。

夏合宿が始まると、練習はそれまで以上に激しさを増します。私は何度も倒れながら、それでも歯を食いしばって練習についていきました。結局、夏休みが終わる頃には、1年生部員は12人まで数を減らし、2年生に上がるころには10人にまで減っていました。

成り行きで入部したとはいえ、「どうせ辞めるだろう」と思われて辞めるのは絶対に嫌でした。それにあの両親との闘い（?）に比べれば、たかが部活くらいなんでもない、という思いもあり、意地になって食らいついていきました。そうして練習を続けるうちに、不思議なことに、自分は意外と体力があるのかもと思えるようになりました。

先輩たちは、練習中によく倒れていた私が真っ先に辞めるだろうと思っていたそうです。しかし、どういうわけかしぶとく生き残り、2年生の秋には、なんと私がダンス部の部長になっていました。新しい部長は、毎年3年生が2年生部員の誰かを指名する形で決まります。私は、1学年上の先輩たちの指名により、部長に選出されたのでした。

最後の夏合宿では、練習を見に来たOGの先輩方に私が部長として挨拶すると、「えっ、いちばん体力のなかったあなたが部長やってるの？」と、みなさん驚かれていました。実際には、部長に選ばれた時点で私がいちばん驚いていたのですが。

推薦での短期大学進学を諦め、一度は1年浪人すると決めたのに

ダンス部の3年生が〝卒業〟するのは、ほかの運動部よりかなり遅く、10月の文化祭が最後の活動になります。それまで私は部長として、ダンス部の活動に全力投球していました。近畿大会にも出場できたし、各発表会ではそれなりに結果を出せたと思います。結局、同学年で卒業までダンス部に残ったのは7人でした。

私の高校生活は、入学時にはまったく予想していなかった形になりました。私の頭には、ダンス部の「ダ」の字も存在していませんでしたが、なぜか入学早々ダンス部に入部し、苦しい練習を乗り越えて、最後は部長としてクラブ全体を率いていました。小学生まで引っ込み思案だった楓ちゃんが、外向的になり、全くの別人になったように成長していました。高校生活はダンスに明け暮れ、クラブ活動を通じて部員のみんなと熱く泣いたり笑ったりして踊り、思いっきり青春を全うできた3年間でした。ダンス部活動に集中できたお陰で、この時期は親と一定の距離も設けられました。そしてやはり、身体を鍛えることで精神も強くなり、内にこもることなく、親からの影響による「うつ状態」にならずに済んだと思います。

唯一の心残りは、「大学受験に向けて勉強しよう！」という入学時の誓いを実践できなかったことです。これまで中学受験、高校受験で果たせなかった希望を大学受験で実現させたかったのですが、残念ながら、受験勉強までは手が回りませんでした。

高校3年生のときに私が考えていた進路は、高校と同じ学園の短期大学英文科に内部進学することでした。小学4年生のときに誓った「20歳までに、自分で生活できるようになって、この家を出る」という目標を実現するには、短大卒で就職するのが最も現実的だと思っていました。そして、クラブ活動が忙しくて受験勉強が十分にできなかったとしても、同じ系列の短大であれば、学内推薦で十分に進学できると考えました。

ところが、英文科は人気が高く「あと1人」というところで推薦枠に入れませんでした。英語は得意だったものの、「数学」と「宗教」の成績が悪くそれが原因で評定平均値を下げて足を引っ張ったのです。「数学」は嫌いではないのですが、証明問題などで最後に答案用紙にプラスマイナスを逆さに書いてみるうっかりミスが多発したり、宗教は、無意味にお経を丸暗記することに違和感があり、全然覚えられなかったりしたのです。

学内推薦入試については、チケットのキャンセル待ちみたいな状態でした。その後、入学を辞退する人が出なかったため、この道はあっさり閉ざされました。今から受験勉強をまじめに始めても、2～3カ月後に迫った学外の短大入試に間に合うとは到底思えませんでした。それでも、英語には自信があったので、短大の英語関係の学科を数校受験しました。結果は、あっけなく全敗で、情けなさと惨めさにさいなまれていました。

私は担任の先生に、この結果を踏まえて「もう今年は諦めて、浪人します」と伝えました。

すると先生は、「とりあえず、どこかに引っかかっておいたほうがいい」という理由で、3月に2次募集のある4年制の女子大学英文科を見つけてきてくれて、「ここを受けなさい」と勧めてくれました。私も、「先生がどこも決まってない私を心配していたためどこかに受かっていたほうが安心するのかな?」という理由から、その大学を受験しました。すると、試験問題も簡単だったため、あっさりと合格してしまったのです。

しかし、合格はしたものの、まったく考えていなかった大学なので、どうしても入学する気になれず、さんざん思い悩んだ末に、私は先生にこう告げました。

「私、やっぱり浪人して、来年仕切り直しで、大学入試に再チャレンジしたいのです!」と親よりも前に報告しました。すると、「そうか。おまえの決意がそこまで固いなら、先生も浪人するのを応援するで」。

そう背中を押されて私はうれしかったし、今度こそ受験勉強に100%集中しよう!と心に決めました。

ところが、私の毒親はまたしてもそれを許してくれなかったのです。

女子大を1年で中退し、翌年の再受験を決意

その夜、家に帰った私は母に自分の思いを伝えました。父はまだ帰ってなかったので、とりあえず母にだけは言っておこうと思ったのです。「女子大には合格しましたが、入学するつもりはないので、１年浪人して志望大学合格を目指します」と。私の一存だけでは弱いと思ったので、「担任の先生も応援してくれています」と付け加えました。

当日はそのまま就寝したのですが、翌日学校に行くと、すぐに先生に生徒指導室まで呼び出されました。なんの話？と思っていると、「昨日は浪人するという話やったけど、やっぱりおまえ、せっかく受かってんから女子大に行きなさい」といきなり言いだすのです。

「なんでですか！」と私が声を荒らげると、昨夜遅く、私の父から先生に電話があったそうです。その内容は次のようなものでした。

「先生、ウチの娘になにかいらんこと言うてくれたそうですな。ウチの娘は、自分が浪人することを先生が後押ししてくれてると言うてますが、娘は女子大に受かってるから、何

があってもそこに行かせます。もう、いらんこと言わないでください」

父のあまりの剣幕に先生もビビってしまい、浪人するのは諦めろ、というのです。「それに何といっても、保護者はお父さんだからな」という一言で、気持ちのタガが外れてしまいました。私は目の前が真っ暗になり、気がつくと泣き出していました。

「イヤです！　そこの女子大に行くのは絶対にイヤです！」

最初は先生もなんとか私をなだめようとしてくれましたが、そのときはもう自分で自分の行動を完全に制御できなくなってしまい、ずっと泣き続けました。おそらく半日くらいは生徒指導室にこもって泣いていたと思います。

泣き疲れてぼーっとしていたとき、ふと、これはバチが当たったのかもしれないと思いました。高校入試のとき、わざと答えを間違えて書いたことが、こんな形で返ってきたのではないか。もしもそうだったら、やはり、この現実を受け入れるしかないのかもしれない……。

高校の卒業式は最悪でした。同級生やダンス部の仲間たちとの別れを惜しむ、なんて優しい感情はまったく湧かず、春からその女子大に入学したくなくて、ふて腐れていました。

今思えば、みんなとの別れの時間をもっと有意義に過ごすべきだったと思いますが、あのときはとてもそんな気持ちにはなれませんでした。

女子大には父が入学金も授業料も納めているので、もう行くしかありません。しかし、大学に通うことをどうしても前向きにはとらえられません。

すると、いつもとは違う私の様子を見かねたのか、父が少しだけ譲歩してきました。

「とりあえず、そこの女子大に行ってみなさい。通ってみて、それでもどうしてもイヤだったら、そのときはやり直せばいいから」

父の言葉の後半を聞いて、私はただちに反応しました。

「そうなん？　やり直してもええの？　だったら、女子大に通ってみます」

この時点で父は、私が途中で気持ちを変えると考えていました。「楓も、とりあえず女子大に行ってみればそれなりに楽しいはずだし、『これなら4年間通えます』と言ってくるはず」と、高をくくっていたはずです。

ところがそうはいきませんでした。女子大に3カ月ほど通い、実際に学生たちといろいろ話してみましたが、どうしてもしっくりきません。不遜な言い方になってしまいますが、もう少し高い次元でさまざまな問題を話し合いたかったのです。そこで最初考えていたとおり、私は6月までで通学するのをやめ、自宅で一人来年に向けての受験勉強を始めることにしました。

目論見がはずれた父は、「ホンマにやめるヤツがおるか！」と、むちゃくちゃ怒りました。私に向かって初めて手をあげられるんじゃないかと思うくらいの、激しい怒りでした。しかし私は、しっかり言質を取ったつもりでいました。

「だって、イヤならやめてやり直せばいいって言ったやん！」

それが初めてまともに父と戦って譲歩を引き出した勝利（？）の瞬間でした。いつまでも小学生の子どもだと思ったら大間違いです。

翌日から私は女子大に行くのをやめ、高校時代に使っていた教科書や参考書を机に改めて並べて、受験生活を始めました。

しかし、たった一人で勉強を続けていくのは不安です。勉強のペースもなかなかつかめないし、この勉強法でいいのかどうか判断もつきません。来年は絶対に失敗できないし、できれば予備校に通ったほうが、来年合格する確率は高くなるはず……。でも、親が予備校の費用を出してくれるわけないしなあ……。

最初は自分一人で勉強するつもりで女子大をやめましたが、来年の受験でいい結果を出そうと思えば、やはり予備校に通ったほうが絶対に有利です。そこで、「ダメでもともと」と腹をくくり、母の機嫌を見計らって、予備校に行かせてもらえるように頼んでみることにしました。


「あんなあ……」

「あんた、ホンマに大学やめたんか?」

「やめた。もうあの大学には行かずに、来年改めて別の大学を受験する。こんな形で自分の一生を無駄にしたくないし、台なしにしたくないから」

「ふ～ん」

「そんでな、来年は絶対、受験に失敗でけへんから、できれば予備校に通ったほうがいいと思うねんけど。来年失敗したら、お父さん、お母さんにも迷惑がかかるし……。でも、予備校に通うにはお金がかかるし……」

「予備校、行きたいんか?」

「まあ、そのほうがちゃんと勉強できると思うんやけど」

このとき、奇跡が起きました。「あんたが本気でもう一度大学を受験するんやったら、予備校に行かせてあげよか」と、母が言ってくれたのです！　これまで、私の中学受験や高校受験をさんざん邪魔してきた母が、さすがに私のことを不憫に思ったのでしょうか。予備校の学費約30万円をへそくり（？）からポンと出してくれました。

やっぱり、お母さんはお母さんなんだ！　うれしくて、涙が出ました。こんな涙を流したのは、人生で初めてかもしれません。こうして私は7月から、大阪市内にある予備校の本科コースに通い始めました。

大学受験でまたもやちゃぶ台返し

予備校での勉強は刺激に満ちていました。中学は校内暴力の嵐だったし、高校は女子高だったので、授業を聞きながら真剣にノートをとる男子を初めて見た気がします。「あ、男子も勉強するんや！」と妙に感心したのを覚えています。教室の雰囲気もピンと張り詰めていて、大学受験はほかの受験生との本気の戦いだと実感しました。同時に、私の女子高の授業の〝ぬるさ〟加減も思い知りました。

授業はとても面白かったです。特に日本史と英語は、私の高校では習わなかったことばかりで、各先生の講義の一言一句が新鮮に感じられました。予備校で勉強できて良かった！と本当に思いました。

そうやって日々の授業で学力を磨きながら、志望大学についても考え始めました。

高校3年生のとき、高校と同じ学園の短期大学英文科を志望したように、基本的には短大英文科志望でした。ただし、関西の短大に進学すると、同じ高校の1学年下の子たちと一緒になってしまう可能性があります。ダンス部時代、厳しい上下関係のなかで生きてきたので、今さら1学年下の子たちと友達付き合いするつもりはありません。そこで、短大の英文科に進むなら、思い切って東京に行きたいと考えました。

中学受験ではハシゴをはずされ、高校受験でもちゃぶ台返しがあったため、今度は両親にしっかり根回ししておき、どの学校を受験するのかきちんとコンセンサスを得ておくことが大切です。そこで、東京の短大を目指したいという話を父にすると、どういう風の吹き回しか、「今度お父さんが東京に出張するとき、楓も来て、いくつか短大を見て回るか？」

と言ってくれました。当時、父は仕事で定期的に東京に出張していて、宿泊するときはホテルニューオータニを定宿にしていました。そこへ私も何日か泊めてくれるというのです。「いやにサービスがいいな……」とは思いましたが、もしかすると、私の予備校の学費を出してくれた母に、対抗意識を燃やしていたのかもしれません。

浪人時代の9月だったと思います。私は生まれて初めて東京に出かけていき、父の宿泊するホテルに2泊させてもらいながら、東京都内で受験しようかと考えている短期大学をいくつか見て回り、学校案内などの資料を集めました。そうやって集めた資料はすべて父に見せ、大阪に帰ってからは母にも見せて、「私は今度、これらの短大を受験するので、よろしくお願いします」と、きちんとプレゼンしておきました。あの強烈な「ハシゴはずし」や「ちゃぶ台返し」は、二度と経験したくなかったからです。

「よし、今度こそ大丈夫だ。来年の春からは東京だ！」と希望に燃えて受験勉強を続けたのですが……。

二度あることは三度あるといいます。そろそろ、受験する短大への出願準備を始めようと思った12月初旬、「来年受験する東京の短大への出願の話やけど……」と父に切り出すと、

「おまえ、本気で東京の短大を考えとるんか?」と、またもや不穏な言葉が返ってきました。

「関西にもたくさん大学や短大があるのに、なんで東京まで行くんや?」

私は耳を疑いました。あれだけ根回ししたはずなのに、なぜまた、こういう展開になるのか……。

「そやかて、お父さんが東京出張のとき私も東京に行って、来年受験するために、いろいろな短大見てきたやん。それ、お父さんも知ってるやろ?」

「知ってる。それは知ってる。しかし、それとこれとは話が別や!」

……もう、わけがわからないし、会話も全然かみ合いません。しかしこの会話で、「東京の短大受験はとにかくNG」ということだけは明らかになりました。父は一度言いだしたら、絶対に撤回しないからです。

そのとき、私もすでに19歳になっていて、毒親との関わり方は十分に学習していました。こうなったら、この人たちに何を言っても無駄なので、自分のほうで考えを切り替えるしかありません。

そもそも、短大の英文科を受験することにこれほどの壁が立ちふさがるということは、「もっと別の道を行け」という神様のサインかもしれない。そう思って、「英語以外に勉強したいこと」は何かと頭を巡らすと、「幼児教育」「児童心理」という言葉がふと浮かんできたのです。

私自身、子ども時代が不遇だったことは自覚していました。そして不遇であることが、〝毒親〟である両親との関係に起因していることも認識していました。そこで、毒親との関係が私自身の性格や行動にどんな影響を与えているのか、自分自身で調べてみたいとも思っていました。だったら、短大ではなく4年制大学で、児童心理学を学ぶ道もあるのではないか。4年制大学なら、たとえ関西でも女子高の後輩たちと顔を合わせることはないはず。そう考えていくと、大学で心理学を学ぶのがベストの選択だと思えてきました。

こうしてスパッと頭を切り替えて急遽作戦変更。関西圏で児童心理について学べる4年制大学をいくつかピックアップし、当時その関連の学部学科があった大学2校にターゲットを絞りました。関西の大学を受験するということで、ようやく父も母も納得してくれました。

大学進学か、水商売か

それから試験本番までの約2カ月間、自分なりに集中して受験勉強に取り組みました。

そして、運命の合格発表の日。当時はもちろんインターネット発表はまだなく、実際に大学まで足を運び、合格した受験番号が貼り出される掲示板を見に行くしかありません。2校の合格発表はたまたま同じ日でした。

午前中、まず1校目。残念ながら、自分の受験番号はありません。絶対合格できるとは思っていませんでしたが、落ちることもそれほど想定していなかったので、正直ショックは大きかったです。

午後はバスに乗車し2校目へ。しかし、足取りはものすごく重かったです。もし、ここも落ちていたら……。二浪は両親が絶対に許さないだろうし、私自身、二浪してまで再受験するつもりもありませんでした。では、どの大学にも受からなかったらどうするか……。

母に言われた言葉が頭の中で何度もリフレインしていました。

「もし、どこの大学にも受からへんかったら、あんた、水商売しいや。女が一生稼いでいこう思たら水商売がいちばんやで。あんたは着物も似合うし、格の高い店に勤めてたら、そのうち立派な男性に見初められるかもしれんしな」

事実、母には水商売の経験がありました。若い頃、岡山のラウンジで働いていた経験があり、父と出会ったのは博多駅の日本食堂でしたが、その後も料亭のお運びさんをしたりと、水商売の酸いも甘いも知り尽くしている感じでした。そんな母の言葉を思い出し、「大学落ちたら、水商売か……。19歳でいきなり水商売の世界に入るのもツラいなあ……」と心の中でつぶやいてみたりもします。

そんなことを思いながら大学に近づいていくと、いまさっき合格発表を見たばかりの受験生が前からぞろぞろ歩いてきます。喜色満面で足取りも軽く歩いてくる人もいれば、がっくり肩を落とし、うなだれて歩いてくる人の姿もあります。合格・不合格が、これほど明確に分かるものとは思いませんでした。私はどっちだろう。うなだれて帰るほうかな……。

掲示板の前に来ても、結果が怖くて、自分の受験した社会学部をすぐには見られませんでした。文学部など別の学部の数字を目で追ったりして、なんとなく時間稼ぎをしながら、ようやく覚悟を決めて、社会学部社会福祉学科の受験番号を確認すると……あった！　見た瞬間、手が震えました。真っ先に頭に浮かんだのは、「良かった、これで水商売をしなくていいんだ」という思いでした。

次に頭に浮かんだのは、「母に報告しよう」ということ。予備校の費用も出してもらったし、まず母に報告すべきだと考えました。

携帯電話のない時代、公衆電話には10人以上の受験生が並んでいました。電話ボックスの隙間から、ときどきうれしそうな弾んだ声が聞こえてきます。やっと私の番が来て、家に電話すると、母の第一声は意外なものでした。


「あんた、どこ行ってんの？」

「いや、京都やんか。今、合格発表見に来てんねん。大学合格してたで！」

「ふ～ん、あんた今京都におるんやったら、生八ツ橋と千枚漬け買ってきて」。ガチャ。


やっぱり、母は母だと思いました。「おめでとう」はおろか「良かったね」の一言もありません。このときはむしろ、「母が喜んでくれる」と期待していた自分の浅はかさが恥ずかしかったです。あの母と19年も付き合ってきているのに、そんなこともまだ学習できていないのかと。

それで、いつものようにすぐに気持ちを切り替えました。大学に実際に通うのは自分なんだから、母がどう思おうと関係ない。自分で「良かった」と思えれば、それでいい。大学に合格し、これからの4年間が確保されたのだから、今は素直に喜ぼう。

そう気を取り直して、新たな大学生活に思いをはせていました。

ところが、このあとにももう一波乱が待ち構えていました。

父と母は正式な婚姻関係を結んでおらず、父の正妻は熊本にいて、そちらの家にも3人の女の子がいます。いずれも、私たち3姉妹よりかなり年上ですが。

その熊本にいる正妻の長女さんが、実は私が落ちた大学の出身だったのです。父はそのことを誇りに思っていたようで、私が同じ大学に落ちたことにどうしても納得がいかない様子です。「おまえはなぜ落ちたのか」と何度も聞かれ、挙げ句の果てに「わしはおまえが合格したその大学なんて知らん。知らん大学には行く必要がない。知らん大学に入学するための学費は出さん！」と言いだしたのです。

突然、行く道を失ってしまった私は茫然自失です。「やった！　合格した！」と喜んだのはぬか喜びだったのでしょうか。泣いてもわめいても、父が前言を翻すことはないと知っているだけに、私はどうしていいか分からなくなりました。

こうなってくると、もう頼れるのは母だけです。予備校に通うとき、かなりの経済的な負担をかけてしまったので、「もうお金は残ってないだろうな」と思いつつ、またも〝ダメもと〟で泣きついてみました。

最初は、「お父さんにもっと上手に説明しなさい」と言っていた母ですが、父がいよいよ本気でお金を出さない気だと分かると、意外な答えが返ってきました。

「私も学生時代、女子商業学校に合格したから行きたかったのに、親に反対されて行かせてもらえんかった。その悔しさは今でも覚えてるから、あんたには行きたい学校に行かせてあげたいし、せっかく受かってるなら行きなさい。お母さんがなんとかしたげるわ」

実は、母には奥の手がありました。何年か前、父の羽振りがめっぽう良かったとき、最高級といわれるロシアンフォックスの毛皮コートを買ってもらっていたのです。真偽は不明ですが、買値は当時500万円ほどしたとか。そのコートが売れたら、まとまったお金になるというのです。

結論から言うと、運命が味方してくれたのか、毛皮のコートは約100万円で売れました。それだけあれば、初年度納入金がまかなえます。コートを現金化し、大学の口座に振り込んだのは、大学の定めた納付期限当日で、本当にギリギリのタイミングでした。

それにしても、私が高校を卒業して大学に入学するまでの1年間だけ、母の言動が明らかに変わりました。今までの〝毒親〟っぷりはどこへやら、私に対して異常なくらい理解があったのです。当時はただただ不思議なだけでしたが、あとから考えると、こうした母の変化には、いくつかの伏線があったように思えます。

父が持つ3つの家庭と、橘姓への復帰

私の母は、父のいわゆる〝二号さん〟でした。母はもちろんその事実を知っていたし、私たち3人の子どもも、私が中学3年生になった以降、そうした認識を持っていました。

しかし、事実はより複雑でした。というのも、父には〝三号さん〟という存在まであったのです。

その事実が明るみに出たのは、私が女子大を中退して再受験のため勉強していた9月のある日です。いよいよ本格的に再受験に向けて動き出しているさなか、三号さん問題でわが家に激震が走りました。

まず、父の三重生活が明らかになりました。熊本の本妻の家に帰るのは盆と正月の年に2回だけで、それ以外の期間は大阪の家で母や3人の子どもと同居している。私たちはそ

う認識していました。ただ、出張や仕事という名目で土日に家を空けることが多いことにも気づいていました。

その土日に、父は同じ大阪市内にある二号さんの家をこっそり訪れていたのでした。つまり、ウィークデーは一緒に仕事をしている私たちの家、土日は別の女性の家で過ごし、盆と正月だけ熊本の本妻の家に帰る、そんな三重の暮らしをしていたのです。

しかも、母にとって致命的なまでにショッキングだったのは、二号さんとの間に男の子が一人いたこと。それも、私よりわずか1歳年下の、高校生にまで成長している息子でした。

男の子の存在を聞いたとき、母は半狂乱になり、そのまま家を飛び出しました。当然でしょう。それまでずっとNO．2の地位に甘んじながら、それでもいつか男の子を産めばNO．1になれるかもと願いつつ、父と20年近く生活をともにし、3人も子どもを産み育ててきたのですから。しかし現実には、私が生まれた1年後に、父の嫡男となる男の子がすでに誕生していたのです。母は19年以上もこの事実を知らされないまま、独り相撲というか、不毛なNO．1争いを続けてきました。それを知ったとき、「私のこれまでの人生はいったいなんだったのか」と自問し、人生に絶望したとしても不思議はありません。

母は、ほとんど着のみ着のままで家を飛び出し、3日間帰ってきませんでした。まだ携帯電話の普及していない時代で、私たち残された家族も、母の居場所を知るすべはありませんでした。

母から自宅に電話がかかってきたのは3日目の夜。最初に電話に出た私は、聞いたこともないほど憔悴しきった母の泣きじゃくる声に驚き、最悪のケースも覚悟しました。「とにかく、一度家に帰ってきて、話し合おう。何か行動を起こすのは、それからでも遅くないから」と、私は根気よく母を説得し続けました。もしこのタイミングで母を家に戻さなかったら、どこかで自殺してしまうんじゃないかと考えたからです。

私の語ったどの言葉が響いたかは分かりませんが、その夜、母はとにかく帰ってきてくれました。ドアを開けたときに目に飛び込んできたのは、今まで見たどの母の顔とも違った、心に大きな傷を負った一人のはかなげな女性の姿でした。

こうして母は無事に帰ってきました。三号さん問題はすぐには決着しそうもありませんでしたが、とりあえず〝継続審議〟とすることで関係者全員の同意を得ました。

そこからは大人同士のやりとりになったようです。私たち子どもの知らない間に、父と3人の妻との間で協議が続いているようでした。

問題に結論が出たのは、ちょうど6カ月後の大学の合格発表があったころでした。父は正妻から、そもそも5年前に父が知らないうちに離婚されており、二号である母と再婚することになったのです。本来、跡継ぎがいるはずの三号さんをどう納得させたのかは不明ですが、とにかく、母の全面的な勝利でした。父と母の婚姻により、私たち3姉妹の戸籍上の姓も「橘」に戻りました。それが母には何よりうれしかったのでしょう。もっとも私としては、大学合格時の姓名が「川中 楓」で、大学入学時の姓名が「橘 楓」になったことを入学する大学の学生課に伝えなければならず、手続きも面倒だったのですが……。

ともあれ、母が家出したときに私は親身に対応し、私が大学合格時に長年の望みが叶って父の戸籍に入籍できました。そのことで、母に大きな変化が現れ、毒親の姿は影を潜めていきました。父親との関係もそうですが、私も成長して大人に近づき、母をひとりの女性として客観的に見ることができたこと、そうして大人の女性同士として寄り添ってあげたことが大きかったかもしれません。この時期も、私を精神面で大きく成長させました。毒親との関係から、いくら口で言っても理解してもらえないこと、変えられないことがあることを知り、人との距離の取り方や柔軟な思考、最後には自分で道を切り拓いていく突破力などを養ったのもこの頃です。

第3章

毒親からの自立――
社会に出て自由になり、絶望から解放された日々を送る

初めて家を出る

私が一浪して大学入試に合格した1987年当時、わが家は大阪市内にありました。一方、私が通うことになるキャンパスは京都市にあります。通学時間は電車やバスを乗り継いで2時間ほど。決して通えない距離ではありませんが、往復4時間も無駄に過ごすのはなんだかもったいない気がします。

そこで、ここでも〝ダメ元〟で、「私、安いアパートでええから、大学の近くで下宿したい」と父に言ってみました。絶対ダメだろうとは思いましたが、あの当時は〝ダメ元〟のお願いが結構通っていたので、ちょっと悪ノリして聞いてみたのです。

すると、父は二つ返事で、「そうか、じゃあ一緒に見に行くか」とOKして、車まで出してくれたのです。

その時点で、すでに3月下旬。「条件のいい物件なんか全然残ってないだろう」と私は思っていましたが、たまたま飛び込みで入った不動産屋さんで、家賃3万7000円のレディース・マンションが見つかったのです。予想していた部屋よりずっときれいだし、女子しか入れないので、そういう意味でも安心です。私は一目で気に入り、「お父さん、ここがいいと思う」と言うと、父はあっさり、「そうか、じゃあ、ここにしとけ」と。その対応がいかにも軽い感じだったので、私はつい本音を口走りそうになりました。

「お父さん、ついこの間まで、私に大学には行くなと言うてたのに、この物件決めるのは、いいんや！　言うてることコロコロ変わりすぎ！」

危ない危ない、この一言を言ったらすべてが終わります。だから、もちろん口には出さずにぐっとこらえて、心の声にとどめておきました。

父の大盤振る舞い（?）は、まだ続きます。翌日、父は、普段付き合いのあるデパートの外商部に母と一緒に初めて連れていってくれました。

このときも「ウチの家はボロボロなのに、お父さんはデパートでこんなに贅沢な物を買ってるの?」と言いたくなりました。母は、うれしそうに普段買えない高価な洋服を見始め、「あんたも、いるやろ。服を買ってもらいなさい」と誘ってきます。私はこんなチャンス、最初で最後かもと、自分では買えない当時流行していたブランドの洋服とバッグを数点、外商にまわしてもらいました。ここで初めて外商を通じての買い方を知りました。担当者に商品をまとめて渡して、後日、まとめて売掛金として会社に請求がくるのです。現金のやり取りがそこでは行われない……。なんてお嬢様みたいなんでしょう！　とても新鮮な感覚でした。「なんか理由は分からんけど、羽振りがいいし、これは乗っておこう！」と、気分が高揚していました。

しかし、マンションでの一人暮らしの新生活でまだ必要なものがあるので、「洋服も、ありがたいねんけど、新生活に必要な家電や日用品も欲しい」と、父の機嫌の良いころを見計らってさりげなく切り出してみました。すると、「ここはデパートだからそんなものを買うところではない。洋服買ってやってるのに、不満なのか！」と一気に機嫌が悪くなりました。

やばい……。いま外商にまわしたものを、取り消される……。

どうも、父の中では、デパートで買うものではないらしく、もっと安い家電量販店で買うものらしいのです。

わたしは、家電売場で商品を見ていましたが、ここでの購入は難しいと判断し、でも何か買わないと、なんか悔しくて……。

「じゃあ、このラジカセと、こたつ買って」とかわいい小型の白いラジカセと円形のこたつを指さしました。ラジカセもそうだけど、こたつは難しいかもと。すると、一言、

「それは、いいぞ。買っとけ」。

えっ？　判断基準がよく分からないけど、これらはいいんだ！

「ありがとう！」と言って、外商にサッとまわしておきました。

その後、その他の家電や日用品も欲しくて買ってほしいと頼みましたが、それは叶いませんでした。絶対必要だと思った洗濯機を母に頼み込んで地元の電気屋さんで購入してもらいました。冷蔵庫は高校の担任の先生からワンドアの小型冷蔵庫をいただき、テレビはリサイクルショップで半年後に2万円で購入。そのほかは、自宅から持ってきました。気まぐれな父の様子を常にうかがいながら、どこまで要求を聞いてもらえるか？　小さな買い物から、大きな大学進学のことまで。同じ土俵上の要求事項です。こんなカメレオンのように、気分で対応が変わる親から、どんな突発的な事象にも状況や相手に合わせて、自分の感情を横において、変えられるようになりました。この「対応能力筋」は、おかげで発達して、いま日常の仕事にとても応用できています。

そして、マンションの入居の日がやってきました。家電はそんなにそろっていないけど、そんな贅沢は言いません。一人で鍵を持ちドアを開けて玄関に入り、内側からカチンと鍵を閉めた瞬間、「ヤッター！」と思わず開放感でバンザイをして、合掌していました。「やっと、私一人の空間ができた！」とこの環境を味わっていました。「とにかく、あの両親がケンカばかりしている家から出たかった！」。4年間であっても、両親から逃げられた喜びで満ち溢れていました。中学、高校、大学とイバラの道を乗り越え、なんとかここまでたどり着くことができたという思いでいっぱいでした。

超ハードだったワンダーフォーゲル部

4月から大学生としての新しい生活が始まりました。それまで19年間縛りつけられていた忌まわしいわが家から解き放たれ、大学から自転車で10分の立地にある、マンションでの一人暮らしです。一人とは、こんなに快適で心地良いものなのか！　せっかく、自分だけの自由な時間を手に入れたのだから、4年間を思いっきり謳歌してやろう！と心に誓いました。そのためには、大学生らしく、何か部活をやってみようと思い立ちました。

ダンス部があればと思ったのですが、残念ながらありませんでした。では、どのクラブに入部しようか。球技はあまり得意ではなく、また人と争って勝ち負けを決める競技にも興味がなかったため、自分と向き合う山登りなら初心者でもできるかも？という安易な理由で、5月の初めに体育会ワンダーフォーゲル部の部室のドアをたたきました。それまで4月中は、能楽部という文化会の部活に、仮入部していて数回活動に参加させていただいていました。しかしどうしても地味で、エネルギーに溢れていた私としては不完全燃焼になると感じ本入部することをやめて、一転して体育会のワンゲル部に乗り換えました。

当時のワンゲル部は4回生が中心で3回生にほぼ休部状態の女子の先輩が一人いるだけで、このまま新入生が来なかったら廃部の危機に迫られていたのです。

そんなこととはつゆ知らず、ふらっと部室のドアをたたいてしまったのです。

4回生の先輩方は、必死で1回生をキャッチセールスのようにキャンパス内で声をかけて、むりやり部室に誘い込むことをしていたのに、自分から訪ねてきた私を見て、すごく驚かれていました。「こいつ、やる気あるやつや！」と皆さん思ったようです。私は、軽いハイキング程度の楽しい山登りくらいにしか、考えていませんでした。文化会は地味でイヤだけど、体育会といっても軽めの運動くらいいかな？と。

しかし入部してすぐ、「あかん、これは選択を誤ったかも」と思いました。というのも、日本アルプスなど3000m級の山々を攻める、バリバリ体育会の本格的な〝登山部〟だったからです。

日々のトレーニングが始まるのは、授業が終わった午後4時頃です。大学近くの山の峠に向けて10キロメートルほどランニングしたり、キスリングというザックにブロックを20キロほど詰めて、近くの山の階段を上り下りしたり、それ以外に腹筋背筋、スクワットなど、もう自衛隊に入隊したみたい……。肉体的にも精神的にもすごくハードでした。

初めての1回生の夏合宿は私の中では死を垣間見た登山でした。日本で5番目に高い標高3180m、北アルプスの名峰・槍ヶ岳のテント場まで、雨と強風の悪天候の中、目指していたときのことでした。1週間に及ぶ長期合宿のため、ザックの重さは30kgを超えていました。私が挑む、初めての3000m級の山。しかし、ダンス部時代にも分かっていたことですが、私はもともと三半規管が強くないようです。初日の登山中から高山病を発症していたようで、耳や頭が痛く体調が悪化していました。そのような体調不良の中、3日目だったかと思います。その日は天候が悪く、雨と強風の中、視界の悪い稜線上をゴールはまだか?まだか?と、歩いていました。とにかく目の前の一歩を踏み出すのに必死でした。そしてフラフラして歩いている私に「早う、しっかり歩けよ！」「なに、もたもたしてんねん！」と同回生の男子から怒号が飛んできました。「ごめん。これが限界やねん……」と弱い声で答えても、暴風雨でかき消されています。そして、やっと槍ヶ岳小屋が、霧の向こう側に目に入り、「ファイト！　もうすぐゴールやぞ！」と先輩の声が聞こえてきました。

そして、やっと、山小屋の敷地内まで着いた……。「ああ良かった……。ここまでこれた……」とホッとした瞬間、私の口元そして下を見ると雨合羽の胸元にも熱いどろっとしたものがついてる……。「えっ？　なに？　これ……」。手に拭き取るとそれは真っ赤な血でした。気圧の変化に身体が耐えられず、のぼせて鼻の血管が破れたようです。周りにいた部員が血だらけになっている私を見てびっくりしていました。私も緊張の糸がふっと切れ、吹き出すような鼻血が止まらずそこでふーっと意識が薄れてきました。先輩方に両脇から抱えられ、千鳥足のまま山小屋の診療所に運ばれていきました。

そこは慈恵医科大が開設している夏の期間の山岳診療所です。私が血まみれの状態で運び込まれる途中、「おい、リーダーは誰や！」という診療所の人らしき男の人の怒声が聞こえました。登山初心者（＝私）に無理な行動をさせたとして、私のせいで先輩が誰かに叱られているようでした。「ああ、すいません、ごめんなさい」という思いでいっぱいでした。山小屋の診療所のベッドに寝かせられ、酸素吸入用のマスクが口に当てられていて、腕には点滴がされていました。

そこで、どれくらい横になっていたのでしょうか。その間に、医療関係者を交えた話し合いが行われたようで、体調が安定したらそのまま下山することが決まりました。ただし、体調の悪い1回生の私を一人で帰すわけにはいかないので、4回生の先輩一人が私に付き添ってくれることに。夏合宿の行程はまだ残っているのに、その先輩も途中で合宿を終えることになります。先輩にとっては最後の合宿だったのに……。申し訳なくて、申し訳なくて……。私は下山途中ずっとうつむき加減でした。先輩も気を使ってくださって、「私もしんどかったから、下りられてよかったわ」と励ましてくださいました。

しかし高山病とは不思議なもので、標高の低いところまで下りると、症状がケロリと治まってしまいます。麓まで下りてきたときには、登山前の健康体に戻っていました。あまりにも急激に体調が回復してしまったので、道中は、先輩と楽しくおしゃべりしながら、「これも苦い思い出の夏合宿」と思いながら帰ってきました。あとから聞いた話で、あのまま何の処置もなくいたら、昏睡状態になりひどい場合は死に至るとのことでした。

ウチの家では体調がどんなに悪かろうと、学校を休ませてもらえず毎日通っていたので、限界が自分の中でよく分からず、気合で我慢がきくため倒れるまでやってしまいます。この夏合宿の件から、自分の体調を自分でしっかり管理しないと周りに迷惑をかけてしまうことを学びました。少し手前でやめる勇気も時には必要です。

ワンゲル部の活動が人生のスプリングボードになる

山小屋を出るとき、慈恵医科大の診療所から下山して帰宅したら必ず病院で診察してもらってくださいと言われました。数日後病院で診察してもらうと「今後は標高の高い山には登らないように」と言われました。もしもこの報告をワンゲル部に伝えたら、部活を休部もしくは辞めなければならなくなります。それはなんとしても避けたかったので、ワンゲル部の先輩に「病院の結果はどうだった？」と聞かれたとき、「一時的に高山病になっただけで、それ以外は全然問題なかったです」と笑顔で答えました。あとは、自分が強くなるだけだ！と、より一層トレーニングに励みました。

私は子どもの頃から、〝予定調和〟的な展開が嫌いでした。「◎◎だから、きっと××

×だろう」と、世間の人に勝手に決めつけられることにどうしても我慢がならなかったのです。

例えば、「あんな毒親に育てられたんだから、きっと問題児に育つだろう」「あんな不良ばかりの中学に通っているんだから、勉強ができる子のはずはないだろう」「あんなに体力がないんだから、練習の厳しいダンス部をすぐに辞めるだろう」などです。

そんなふうに、世間の人たちに見くびられる（かもしれない）と思うと、悔しくて悔しくてたまらなくなり、「ところがどっこい、そうはいかへんで。さあ、どうや！」と、逆に見返したくなるのです。

大学1年目の夏合宿で重度の高山病を発症したときも、ここで辞めたら思うつぼだと思いました。「そもそも体力がないんだから、練習がハードなワンゲル部にはついてこられないよね」と思われるのが癪《しゃく》で、逆に「絶対に辞めない！」と覚悟を決めたのです。

そんなわけで、医師には止められましたが、その後もワンゲル部の活動を続けました。遠征では屋久島や北アルプス、近場では比良山系や大峰山など、合宿には何度も参加しましたが、槍ヶ岳のときのように体調が悪くなることは、その後は一度もありませんでした。

その理由の一つが、日々ハードなトレーニングを積み重ねていったことだと思います。入部した当初は、「どうしてこんなにキツいトレーニングをするんだろう?」と疑問に思いましたが、考えてみれば当然です。合宿では本格的な命がけの登山をするので、山で命を失わないためには、それだけの気力・体力・技術を身につけておく必要があったのです。

また、私自身が上級生になったこともプラスに働きました。上級生になれば、下級生の安全に常に気を配っていなければならず、それだけ気を張っているので、高山病にもかかりにくいのだと思いました。

そして私は2回生になるとワンダーフォーゲル部女子部の主将を任されることになりました。「真っ先に辞めると思っていたのに、最後は部長にまでなった」というのは、高校のときのダンス部と同じ展開です。


今、振り返ってみると、大学でワンダーフォーゲル部に入部し、ハードな毎日を経験したことは、私にとって大きな財産になりました。大学に入学して親元を離れるまで、自己肯定感のかけらも持っていなかった私ですが、日々のトレーニングに打ち勝ち、体育会の女子主将を経験した実績で就職にも有利に働き、20倍近い倍率の就職試験を突破して入社につながったことは、その後に自己肯定感を獲得するうえでのスプリングボードになりました。

それにしても、登山は人生に似ています。頂上がすぐそこにあるように見えて、なかなかたどり着くことができません。逆に油断していると、あっという間に転がり落ちます。実際、登山で命を落とす人はそのほとんどが下山中の事故によるものなのです。

突然の父の死

話は前後しますが、私が大学に入学した年の12月、父が食道がんで亡くなりました。享年64歳でした。

夏頃から体調がおかしくなり、食べ物が喉につかえるなどしていたので、総合病院で検査してもらったところ、食道にこぶし大のがんが見つかったのです。すでに余命3カ月と言われ、処置なしという宣告をうけていました。その事実は父本人には伝えていませんでした。その事実を受け入れる勇気がないと母が判断したからです。私は、父にこの事実を悟られないように気丈に振る舞いました。まだ、20歳になったばかりなのに、もう永遠の別れをするのか？　もっと、ちゃんとした父子関係を構築したい……。あとどれだけ父に時間が残されているのか？　父は、自分はすぐに回復して、仕事に復帰できるつもりで、病院の中でも事務所さながらに公衆電話を占拠して電話を掛け続けていました。ちょうど数年後に迫っていた、大阪での花博（国際花と緑の博覧会）の会場である池のコンクリート防水に、仕様が入ったのでそれを絶対に成功させたいと必死になっていたのを覚えています。その頑張るという気合で病気も克服してほしいと、祈るような気持ちで見ていました。病状が安定してきたという理由で外出許可も出るようになっていたので、北海道の大学時代の友人とホテルのレストランにてランチを楽しんだようです。しかし、それが悪かったのか、翌日の午後2時すぎ、吐血して急激に血圧が降下し、そのまま亡くなってしまったのです。直接的な死因は出血性ショック死とのことでした。大学の授業中だった私は、病院に駆けつけたときは、すでに父はこの世にいませんでした。

とても私たちを翻弄してくれた父ですが、この年に20歳になった私とこれからもっと話し合いたかった……。さっさと、一人で逝くのはずるいわ……。そんな感情がグルグルと回るのです。「まだ、やり残していることばかり、会社の仕事はどうなるの？　誰にもちゃんと仕事の内容を教えてないやん！」。当然のことながら、仕事をすべて一人で回していたため、営業する者がいなくなった途端、今まで来ていた仕事は、すっかりなくなってしまいました。

もちろん、いちばん苦しみ悲しんでいたのは母です。しかし、ある意味、母は救われました。父が亡くなる9カ月前、晴れて父の正妻になれたのですから。父と出会ってから20年以上、妻の座を勝ち取るための長く苦しい戦いを続け、最後の最後に、母が勝者となったのです。わずか9カ月間でしたが、その間、母は人生でいちばん幸せだったと思います。担当医に「余命3カ月」と告知されながら、父は4カ月以上頑張りました。父が亡くなったとき、「籍を入れてもらっておいて良かった」と、母は心の底から安堵するような声で言いました。

父の通夜・告別式は盛大に行われました。小さい会社とはいえ代表取締役社長であり、それなりに取引先も多かったせいか、多くの人にご参列いただきました。

そして告別式で、母は予期せぬ行動に出ました。熊本で暮らしていた父の元正妻と、3人の娘さん家族、父の三号さんだった女性とその息子さんを告別式に招いたのです。生前、縁の深かった人たちに最後のお別れの機会を提供したいと思ったのか、最終的な勝者となった自分の威光をライバルたちに見せつけたかったのか、両方の気持ちだったと思います。私たち3姉妹は「告別式が修羅場になるのでは?」と。まさに予想どおりの修羅場となりました。正妻だった家族の方々からは、泣かれながらいろんな嫌味を私たち家族に対して言われましたが、もう本人がこの世にいないのにどうしようもありません。もう1組の男の子がいる家族は、終始言葉少なに下を向いたままでした。残した金銭的な財産がなかったため、相続問題にはなりませんでしたが、感情のはけ口を母と私たち3姉妹に向けられていて、まるでドラマのような光景だなぁ、と客観的に見ていました。通夜、告別式、異様な緊張感のある空気が流れ、母は喪主として見事に式をとりしきりました。まだ47歳、全てに勝ち誇った瞬間だったと思います。

私が大学で社会学部社会福祉学科を志望したのは、この科に児童心理を専門に研究するコースがあったからです。私は子どもながらにも、両親の子どもの育て方に幼少期から疑問を持っており、両親に養育された私自身の性格や人間性についても、もっと深く知りたいと考えてこのコースを選んだのです。

専門課程では、乳児心理学、幼児心理学、児童心理学、青年心理学など発達心理学全般を学びますが、私は特に幼児と児童に焦点を当て、幼児保育、児童教育を学び、保母（現在の保育士）と中学・高校の社会科教員の資格を取りました。そうやって自力で勉強して改めて分かったことは、私の両親の教育は、児童・青年心理学的に「あり得ない」やり方だということです。

私の指導教官に、私自身が少女時代に親から受けた対応（叱られる基準がダブルスタンダード、かつ時によってコロコロ変わる）を、外部から知り得た一例として評価・判定してもらったところ、「絶対にやってはいけません。そのように子どもに接すると、子どもは社会性を持てなくなります」と言われました。それを聞いてようやく、「そうか、私は社会性をきちんと持たないまま成長したのか」と気づいたのでした。

結局、高校の教員採用試験を受けるものの、あえなく不合格でした。私はせっかく学んだけれど、保育や教師の仕事に就くことは諦めました。もっと社会に出て経験を積んでからでも遅くないのではと、この時思ったからです。しかし、大学時代の勉強を通じて、自分自身の幼少時代、少女時代をある程度客観的に見られるようになったことは、その後の私の人生に有形無形の財産になってくれていると思います。

実は接客販売に適性があった！

実り多かった4年間の大学生活を終え、新卒で宝飾関係の一般企業に入社したことは、ある意味それまでの私の人生を一変させました。

なぜこの会社を志望したかというと、先に入社している大学OGの先輩がいたからです。その方は商品企画部に所属していて、新商品の企画やどんな客層にどんなブランドイメージで販売していくかを考えたり、とても面白くやりがいのある仕事だと聞いていました。だから採用面接のときも、「御社の商品企画部で働いてみたいです！」とアピールしました。面接官からは「店頭販売のほうはどうですか？」と聞かれたのですが、「いえ、販売はやりたくありません」と正直に伝えました。

それから二次面接、三次面接、社長・役員面接までいって採用通知をもらったとき、あれだけアピールしたのだから、絶対に商品企画部に配属されるだろうと喜びました。

しかし、入社前に販売員のアルバイトとして京都支店で働く機会があり、接客の仕事を丁寧にこなしたため、京都のブロック長が「どうしても橘さんが欲しい」と本部に掛け合ったようで、1991年4月1日付で入社したとき、配属先は京都支店になっていました。支店勤務ということは、つまり販売の仕事ということです。「ありえへん！」と私は憤慨しましたが、私の一存ではどうにもなりません。こうしてまたまたおかしな成り行きで、私の人生は二転三転していくことになりました。

私が初めて販売の仕事をしたのは、大学1回生のときです。「おのみやす」という袋詰めの昆布茶の店頭販売員のアルバイトでした。私が担当していたのは銀閣寺の近くにある哲学の道の店舗で、修学旅行生や外国人観光客を相手に、袋詰めの昆布茶を販売しました。「袋に京都の絵地図が付いているから、これをお土産に買って帰ったらみんな喜ぶよ〜」とか客が気にかけるだろうと思うことを掛け声に、中高校生に1人5袋くらいずつ販売したり、外国人には、「これが日本を代表するお土産で、友達に喜ばれますよ」みたいなことを英語で伝えてまとめて販売したり、といった具合です。それまで販売の仕事はしたことがなかったのですが、自分でも意外に適性があるなと感じました。

のちに分かったのですが、道行く人に気軽に声を掛けるという行為は、誰にでもできることではなかったようです。私は自分の両親との長い付き合いから、かたくなな相手に対して〝ダメ元〟でいろいろな交渉をしてきていたので、「どうせ買ってくれないだろう」

「どうせ相手にしてくれないだろう」と思いながらも、割り切ってお声掛けすることが全然苦痛ではなかったのです。

ともあれ宝飾会社に入社後、私は販売のプロという新たな自分を発見することになります。毒親から学んだというよりも、毒親のおかげで身につけたコミュニケーション力の賜物といえます。

高級宝飾品の販売で実力開花

新入社員として入社した4月、京都支店に配属された私は、「外商部」の一員として外部営業販売の担当になりました。常連の優良顧客は先輩社員がすでに担当しているので、新人の私はフリーで来店した新規顧客や古い過去の顧客名簿をローラー作戦で回っていくという形で販売成績を上げていくことになります。

営業経験や販売経験のない新人には荷の重い仕事だと思います。しかし私は〝ダメ元〟で声を掛けることにまったく抵抗がなかったので、常に自分のペースで楽しく仕事をさせていただきました。

人格を全否定してくる両親に育てられたので、ちょっとやそっとのことでは落ち込んだりめげたりしません。最初から〝ダメ元〟だと腹をくくっているので、お客様から無視されたり邪険に扱われたりしても、「まあ、そういうことですよね？」と軽く受け流せるのです。

お客様の機嫌を的確に把握するのにもたけていたと思います。なんといっても、お金を出すことに関して極端に〝渋ちん〟で〝難攻不落〟な両親に対して、「今ならOKしてくれる」という絶妙の間を見極め、ソフトクリームから大学の学費まで、首尾良くねだってきた経験が、ここでも生かされたわけです。

人間というのは面白いもので、あるときは「絶対ダメ！」と、取り付く島もないほど拒絶されたとしても、その人にたまたまうれしいことがあったときや、気分が高揚しているときを狙って再度声を掛ければ、簡単に「OK！」してくれるのです。その「お願いします」と切り出すタイミングさえ間違わなければ、たいていはこちらの思惑どおりに動いてくれるのです。

こうした私ならではの独特な積極的アプローチの賜物でしょうか、入社から7カ月後、全国新人販売員を対象にした売上成績順位で、全国1位になっていたようです。店長からそっと、そのことを告げられました。

上司や先輩たちから褒められ、これまでの24年間の人生で、両親から褒められることなくいつもけなされ続けてきた私が、新人販売員の中で全国1位になったのです。あまり実感はなかったですが素直にうれしかったです。「たとえ親からの評価が低かったとしても、社会に出れば評価されることもあるんだから、もっと自分に自信を持ってもいいんじゃないか」と、初めて思えるようになりました。この経験から、子どもの頃に欠けていた承認欲求が満たされ、私なりの自己肯定感を獲得することができたのです。

しかしこの目立った実績が、私の職場環境を悪くしていきました。同期からの嫉妬や妬み、分かりやすい無視。こんな小学生みたいな態度をみな取るのか？　周りは気にしないようにしていたものの、自分のやっていることに矛盾を感じるようになっていきました。自律神経失調症と病院で診断され、「極度のストレスがかかっています」と。環境を変えるか少し休むことを勧められました。実際、顔には発疹が出たり、化粧をするのもつらくなっていました。1年後の給与の上がり具合で見極めようと決心し、その明細を見て頑張っている状況に見合わないと判断しました。

1992年5月、私は一身上の都合で宝飾会社を退社しました。

貸衣裳店で短期間アルバイト

そこで少し休んで、身体の調子を整え、求人誌で次の仕事を探し始めます。

これだ！と見つけたのが自転車で10分のところにある、結婚式や成人式、卒業式の衣装を得意とする老舗の貸衣裳店です。待遇はアルバイトでしたが、当時私はまだ24歳で、服飾業界やブライダル産業にも興味があり「ジュエリーとは違う世界のいろいろなことを経験してみよう」と思い、アルバイトに応募しました。

仕事内容は、来店されたお客様に対する接客です。お客様は目的を持って来店されますが、たまには予算の関係で悩んでいる方もいらっしゃいます。最初は「白のウェディングドレスだけでいいです」という花嫁のお客様に、「一生に一度のお式ですから」と、一緒に来店されているご祖母様やお母様に対して、お色直しのカラードレスや、和服の白無垢、色打掛なども提案したりしてみます。そうすると、孫や娘の晴れ姿を見たい親族からしたら、私が費用を負担しますと提案してこられて、最後には全4点をレンタルしてもらうというケースもありました。私の接客トークは親族の方々の気持ちに寄り添っていたので、花嫁の予算不足なら私が負担するよという親心が的を射ていたようです。アルバイトの待遇ながら、なぜか頑張るところが私の性分です。ウェディングドレスや白無垢などのレンタル料は点数が増えればその分だけ利益が出ます。４点レンタルしてもらえれば売上が１００万円近くにもなる場合もあります。

ここでも私の宝飾業界で磨き上げられた接客販売ノウハウは活きました。

この私の頑張りを見ていた社長がある日、来月から時給を上げさせてもらいますと話があり、期待に胸を膨らませていました。翌月、いよいよ給与明細をドキドキしながら開けてみると……。時給６００円から６１０円になっていました。

「えっ？　これだけ売上あげて、正社員以上に接客を任されて10円アップか……」

結婚式の衣裳一式１００万円の商談をまとめている本人が、時給６１０円で働いているのはさすがにつらい……。しょせんはアルバイトなので、収入面では自ずと限界があります。

「総合的に考えたら、やはり正社員を目指すべきかもしれないな……」

レンタル衣裳店で働き始めて半年後、私はまた求人誌を見始めました。

学生服メーカーでユニフォームアドバイザーになる

次に見つけたのが、全国的に有名な業界最大手の学生服をメインに扱っているユニフォームメーカーで、関西一円を販路に持つ大阪販社の京都営業所でした。そこでは「ユニフォームアドバイザー」という肩書の正社員を募集していました。母が洋裁学校出身の影響からなのか服飾業界には興味がありました。採用面接を受けに行った日、たまたま岡山にあるメーカー本社の専務がそこで面接に参加していました。少しお話ししたところ、なぜか私をすっかり気に入ってくださったのです。

「あんた、面白いなあ。あんたが来てくれるなら、今日のこのあとの面接、全部断るわ」

「えっ、いいんですか」

「かまわん、かまわん」

そしてその場で、私はその販社の京都営業所勤務が決まりました。

それが1993年の5月でした。翌1994年は平安遷都1200年、つまり「794《なくよ》ウグイス平安京」から1200年の記念の年になるため、京都にはちょっとしたお祭りムードが漂っていました。その販社もいつもの学生服の販売だけでなく、いろいろ面白そうなことを企画しようという気分が盛り上がっていました。

そこで私は、その年限りのイベントや新商品を企画したり京都タワーの下の店舗で販売スペースを設けてもらったりするなど、自分なりに動いてみました。そんな私の行動が、営業所に昔からいた年配の所長には面白くなかったようで、「あんたがちょこちょこ動くから、わしらが何もしてへんようにみえるやろ！」というわけです。京都という土地柄は外部からの侵入を嫌い、変化することを良しとしないことも多いです。それが１２００年以上長い歴史を守ってきた所以でもあります。

所長から私にかかる圧力がだんだん強くなってきたため、「こんなことでは仕事にならないから、入ったばかりだけど、もう辞めてしまおうかな」と思っていると、大阪にいる営業部長さんから声がかかりました。

「おまえ、京都にいるとつぶされてしまうから、大阪に来ないか？」という申し出に従って、京都営業所から大阪本社（販社の本社）に異動させてもらうことができました。さあ、いよいよ仕事が面白くなってきました。

大阪で私が任されたのは京都営業所と同じ「ユニフォームアドバイザー」という職種で

した。しかし繊維やファッション業界の本場大阪は面白かったです。

制服のデザインというのは、学校側の意向で自由に決められ、デザインがオシャレな制服のほうがより生徒募集時に優位になります。

そこで、そろそろモデルチェンジをしそうな学校を訪問し学校ブランドのイメージアップと志願者数の拡大を狙って、制服デザインのモデルチェンジを促していくのです。その一連が私の仕事です。

そこで私が考えてやりはじめたことは、先方の制服担当者の要望を適宜聞き取り、その場で「こんな感じですかね？」とアイデアをラフデッサンとして見せてあげることでした。旧態依然とした詰め襟の学生服をモダンなブレザーに変更したり、セーラー服をかわいいブレザーに変更したりやれることはいろいろあります。そのラフデッサンで先方からOKがもらえれば、さらにデザイン画に起こし、岡山本社のパタンナーさんに型紙を作ってもらい、試作品として1着を仕上げてもらってマネキンに着せ、提案する学校に持っていく。そんなクリエイティブな仕事でした。その当時、会社のDCブランドデザイナーとして提携していたコシノジュンコさんなど有名なデザイナーさんも名を連ねていていました。「なんや、私、コシノジュンコさんと同じような仕事してるやん！」と、ちょっと拡大解釈してみてうれしくなりました。

もともと絵を描くのは好きだし、デザインにも興味がありましたが、プロとしてもっと本格的に勉強がしたいと思い、会社にお願いして、毎週土曜日だけ大阪モード学園の「ファッション・イラストレーションコース」に1年間通わせてもらいました。これをきっかけにデッサン力はかなり付いたと思います。よ～し、本格的にファッション・デザインの世界で頑張ってみよう！　そう胸を高鳴らせていた矢先、あの大震災が起こりました。

第4章

それでもつきまとう毒親との縁——誰も引き受けたくない倒産寸前の父の会社を継ぐ

お父さんの会社だから、あんたがつぶしなさい

忘れもしない1995年1月17日午前5時46分。阪神・淡路大震災が発生しました。当日は岡山本社出張の日で、8時台の新幹線のチケットを持っていました。大阪市内も大きく揺れて、びっくりして飛び起き、これはどこが震源地なのかテレビを付けました。すると、テレビから流れてきた映像は目を疑うものばかりでした。震源地は淡路島北部、震度7、阪神高速は横倒しになり新幹線の高架橋は線路がぶらーんと宙吊りになっている。この映像をみて、線路が破壊されているので、今日の岡山出張はきっと中止なんだ。どこか映像にリアリティがないため、状況を理解するのにタイムラグが生まれます。あと、3時間ほど地震の発生が遅れたら、私は間違いなく走行中の新幹線の中で、線路ごと列車が宙を舞ったことでしょう。そう考えるだけで、身体が震えてきました。人が生きるか死ぬかは、本当にちょっとしたタイミングで決まってしまう。ある日突然、日常が断たれてしまうことが現実にあるということを実感し、真っ先に考えたのは「やるべきことをやり残してはいけない」ということです。そう考えたときに思い出したのは、「あんた、お父さんの

会社を早う継いで。お母さん、もういい加減しんどいから、あんたが継がへんのやったら、会社、つぶしてしまうよ」という母の言葉でした。

父が創業した会社は創業は１９６２年、設立は１９６４年。零細企業ながらいちおう防水メーカー兼防水工事会社で、主要商品としてはコンクリート用の防水材料を扱っていました。

１９８７年12月に父が他界して以降、登記上は母が代表取締役を務め、私から見れば伯父にあたる母の兄が、鉄鋼会社を早期退社して母の仕事を手伝っていましたが、伯父はもともと畑違いの仕事であり、二人とも経営に対する能力や熱意がなく、事業はあまりうまくいっていないようでした。売上高として１０００万円にも届かないくらいでした。

母としては、仕事を誰かに引き渡して早々にリタイアしたかったようです。会社を継ぐとすれば、父と血縁のある私たち３姉妹の誰かになりますが、母に言わせれば「営業のセンスがあるのは楓だけ」ということで、もし私が継がないなら廃業するというのです。

考えてみれば、父が母と一緒に働いていることは幼い頃から知っていましたが、父の会社や仕事についてはそんなに興味がなく、きちんと話を聞いたこともありませんでした。知らないまま父が起こした会社を消滅させていいのか。もし、自分に今やるべきことがあるとすれば、それは「父の会社を継ぐこと」かもしれないし、少なくとも「父の会社を知ること」くらいはやっておくべきかもしれない。母からは常々、「お父さんの会社をつぶすならつぶすでいいけど、つぶすなら、血のつながりがある、あんたがつぶしなさい」と言われていました。

毒親の呪縛から解放された社会人生活は順調で、仕事にもやりがいや働きがいを感じていました。私が子どもの頃から、「めんどくさい」が口ぐせの母がきちんと経営のかじ取りをしているはずもなく、今さら亡き父の会社を押し付けられてもという気持ちもありました。そして、会社をつぶすのも決して簡単なことではありません。

しかし、大震災で、当たり前のように来る明日が来ない日が来る、そのときのために自分は何をすればいいのだろうという思いから、一大決心をしました。

「よし、だったら私が父の会社を継ごう！」と。

こうして父の会社を継ぐことを決意したのは、1995年1月下旬、私が27歳のときでした。気持ちはほぼ固まりましたが、唯一心に引っかかるのは、私を大阪モード学園で勉強させてくれた大阪本社の営業部長さんです。社費で勉強までさせてもらったのに、あっさり辞めることが許されるだろうか……。

そこで、部長さんにすべて正直にお話しすると、「そうか、だったら、お父さんの仕事のほうをやりなさい」と言ってくれました。

私は、そうと決めたら動くのは速いです。そして、行くと決めたら後ろを振り向かずにドアを閉めて、退路を断ちます。１９９５年2月15日、私は父の会社を継ぐため、ユニフォームメーカーの販社を退職しました。父の会社のことも何一つ知らずに……。もし、事前に知っていたら、きっと会社を継ごうなんて思わなかったに違いありません。

父が起こした会社を継ぐ

私が会社を継ぐためには、父の会社が具体的にどんな商品を扱っていて、どんなビジネス展開をしていたのか、まずはとにかく会社の実情を知らなければなりません。取引先からなんらかの問い合わせが来る可能性もあり、それに対応するにも、仕事の実態を早急に把握する必要があります。ところが、これがなかなかうまくいきませんでした。

父が亡くなってすでに7年以上が経過していました。登記上は代表取締役の母は、もともと会社の電話番兼経理担当をしていただけで、業務全般を把握できてはいませんでした。その頃には事業自体がかなり縮小し、社員も残っていなかったので、父の仕事について私にきちんと説明できる人は一人もいなかったのです。

その当時、会社は大阪市内の下町にありました。事務所に行ってみると、デスク上にもキャビネットにも大量の書類が残された状態、いや放置されたままと言ってもいいくらいでした。母に必要な書類の場所を聞いてみても、「私は何も分からへんから、お父さんが亡くなった当時のまま、どこにも何にも手をつけずにそのまま置いてあるわ」と。書類が山脈のようにデスクの上に連なっていました。「この人、この状態で何も気にならへんのや……」私はこの惨状を見て、母に対して唖然としてしまいました。

もし父が自分の余命が短いことを知っていれば、事業承継のための資料や覚書を残しておいてくれていたかもしれません。しかし父が亡くなった当時は、患者本人へのがん告知は一般的に行われていませんでした。何事にも強気な父は、自分が食道がんに冒されているとは夢にも思わず、多分1~2カ月で退院できると思っていたようです。もちろん遺言なども残しているはずもありません。ある日突然、すべてを把握していた父だけがいなくなった状態でした。

一体どこから手をつけたらいいのだろう……。さすがの私も途方に暮れてしまいました。そもそも私自身、会社経営の知識やノウハウもなければ、防水材に関する専門知識もまるっきりありません。「コンクリート用の防水材料」という言葉だけは知っていましたが、それが具体的にどういうものなのか想像すらつかないのです。

とはいえ、どこからか着手しなければ、何も始まりません。その当時、伯父は会社の一員として、毎日なにかしらの仕事をしていました。ということは会社の商品が使われている建設工事が毎日どこかしらの現場で進行中だったはずです。そこで私はまず伯父の日常に密着し、日々どんな仕事をしているのかを教えてもらうことにしました。

表向きはメーカー、実態は現場の便利屋

その当時、伯父はワゴン車で滋賀県にある工事現場に通っていました。確か、電気製品の製造工場を建設する工事だったと思います。

そこで伯父がしていた仕事というのが、防水工事の請負工事ではなく、単なるコンクリート打設に伴う雑用のような仕事でした。

伯父が日々交通費をかけて滋賀県まで行っていた工事は、現場の専属の職人さんがやるべきもので、我々の会社がやるべきことではありません。当時、私は建設工事に関して完全に素人でしたが、それでも「これはどこかおかしい」という感覚はありました。ところが伯父は根っから人がいいせいか、特に疑問にも思わず、〝便利屋〟として現場でいいように使われているようでした。

そこで伯父に「この作業で一日いくらもらうの？」と聞くと、「なんぼでもええから、請求しとけ」と言います。「なんぼでもいいってことはないでしょう」と言うと、「ほなら、1万5000円で請求しとけ」とのこと。「分かった、1万5000円やね。それで、この現場で何日間働いているの？」と続けて聞くと、「ん？　10日くらいにしとけ」って……こらこら、金額も何も決めんとやっとるんかい！

要するに、事前にきちんとした取り決めもせず、完全に丼勘定になっていたのです。こんなことをやっていては、会社のビジネスとして成立しません。そもそも、主要商品がこの現場で使われている形跡はどこにもありません。これは一体どういうことなのか、わけが分かりません。

「ウチの商品は現場で使わないの？」と聞くと、「あんなもんはもう、使い物にならへん」

という信じられない答えです。その理由をいくら聞いても、伯父から明確な答えは返ってきません。

結局、伯父にいくら話を聞いても、仕事の実態はよく分かりませんでした。会社の「今」を知るためには、私がまず、建設工事や防水工事について一から勉強するしかなさそうです。こうなりゃ、やったるわ！と腹を決めて、やるべきことを順に進めていくことにしました。

ちなみに、会社経営に対する考え方の違いから伯父と口論になり、私が会社を継いで半年後に、「おまえみたいなやつがやったところで、一年も持たへんわ！」と吐き捨て自分から去っていきました。姪っ子が頑張ろうとしているのに、すごいセリフを吐くのだなあ……と悲しくなりましたが、これを期に、より一層仕事に集中していこうと決めたのでした。

工事の職人さんから防水工事を学ぶ

私は会社の実態を知るために、事務所にある書類を総点検することにしました。会社にある書類や技術資料を読むことは、まるで古文書を読むかのような難しさでした。とにかく、単語一つひとつの意味からして分からないので、傍らに「建築用語辞典」を置いて、ひとつひとつ、紐解いていきました。

そうやって受験勉強さながらに、私なりに古いカタログの内容や山積みの資料を一枚ずつ読み進めていきました。そして長年いる現場経験の多い職人さんからも、当時のことを聞くことができました。

父が存命だった頃は、防水材料の販売だけでなく、この商品を使った防水工事も「責任施工」という形で行っていました。当時は、父のもとで懇意にしていた左官職人さんが多数働いていたので、防水工事を行う際は、左官職人さんを含むチーム体制で作業に当たっていました。多くの左官職人さんがいたので、モルタルをコテで塗るという職人作業も自前で行うことができたのです。しかし、そうした工法はいまや時代遅れで、左官職人さんをいつも確保しておけないため、今日では簡単な「ウレタン防水」が主流になっています。伯父が「ウチの商品は使えない」と言っていた理由がようやく分かりました。ウチの防水材では、手間がかかるうえに左官技術も必要なので、多くの現場で敬遠されているということなのです。

私が引き継ぐこの会社が新しい時代を生き抜いていくためには、今の時流と実情に合わせて、主力商品を変えていかなければなりません。とはいえ、この業界ではド素人の私が、そんなことができるのか大いに疑問でした。しかし、そのような中、持ち前のダメ元作戦で、各材料メーカーから原材料を取り寄せて、オリジナルで混ぜてみたり、自分なりに研究して開発を始めました。

並行して私は、新たな商品カタログを作らなければならないと考えました。防水材料の特長や工事内容を簡潔に「これ」と見せられるもので、設計事務所に見せることのできるなんらかの〝武器〟がなければ、営業活動は始められないと思ったからです。

しかし、建築業界で今どのようなニーズがあって、どんな商品を求めているのか、まったく分かりません。そこでまた、職人さんに依頼して他社のカタログを取り寄せてもらいました。そこには理路整然と分かりやすく商品紹介がされていました。今ではインターネットを使えばすぐに他社のカタログをダウンロードできるのですが、当時はライバル社のカタログは大変貴重で、内容を見ることもなかなか難しいことでした。それをしっかりと読みこなし、このカタログの訴求効果を調べていきました。

今のうちの会社からみて１００歩以上先に進んでいるように感じられました。

自分で作った新材料であれこれと混ぜたり塗ったり、少しでも近づけようと苦戦していました。新しく出来た材料を現場で使わせていただきましたが、初期はよくても、しばらくしたら剥がれてくるなど、失敗もたくさんありました。

そのようなとき、老舗の防水原材料メーカーと共同開発品として防水材を一緒に開発させてもらえるチャンスがあり、そこで性能の高い防水材料を開発することに成功しました。今まで苦戦していた長期の安定性の問題がクリアされて、耐久性の高い防水工法システムが出来上がったのです。これを使って、新しいカタログを作れば、色んな現場で使ってもらえるはずです。

こうして、やっと営業カタログも準備ができ、新商品を用いた戦闘態勢が整いました。

新築工事より補修工事を狙え

新たな商品カタログという営業ツールは完成しました。１９９６年、ここからいよいよ、私が得意とする営業活動のスタートです。父の時代からは、大きく防水工法をリニューアルして、新たな一歩を踏み出しました。想定している主な訪問先は建築設計事務所です。父が事務所に残した膨大な資料を半年間かけて精査したところ、最も業績を伸ばしていた時代の主な得意先は、ほとんどが建築設計事務所でした。

防水材料というものは防水工事にしか使われません。例えば、オフィスビル、工場、倉庫、商業ビル、学校、駐車場などの建築物が新しく建設されるとき、建設工事の最終仕上げ工程として屋上、ベランダ、床面などに、漏水を防ぐために防水材を施工します。その工事のことを防水工事と呼んでいます。この防水工事で私の会社の商品を使ってもらうためには、一級建築士の先生に「商品名称を指定」してもらい「設計仕様書」に明記してもらわなくてはなりません。

建物の設計仕様書を作成するのは一級建築士事務所ですから、営業をかける相手は当然、一級建築士の人たちになります。その人たちに、「この商品は防水性能が高く、品質が安定していて信頼性が高い。おまけに施工しやすく、耐久性も高く、値段もお手頃」とアピールできれば、「よし、今回のビルの防水工事には使おう」という流れになるはずです。

そういった展開を期待しつつ、私は父が残してくれた資料や名刺から、かつて顧客だった設計事務所をピックアップし、電話でアポを取ってから商談に向かいました。なかには父のことを覚えてくれている方もいて、手応えはおおむね上々でした。これで私もようやく、新たな工事を受注できるかな……と思っていたのですが、それから何カ月経ってもその後の連絡はありません。

気になって、感触の良かった設計事務所に問い合わせてみると、「ああ、あの工事なら競争入札で○○組が落札したよ。そろそろ工事が始まるはずだけど、そちらに連絡は行ってませんか?」との回答です。

そういうことになっているのか! 業界の仕組みを知らない素人の私はびっくりです。あとから知ったのですが、たとえ設計仕様書に商品名が指定されていたとしても、落札した建設工事業者は絶対にそれを使わなければならないわけではありません。仕様書には、実は「同等品」という抜け道があって、仕様書に指定された材料と「同等品」という名目の商品であれば、工事業者はそちらの同等品を使ってもいいことになっているのです。

なるほどそういうことかと思い、工事を落札した○○組に連絡すると、やはりウチの商品が指定されていることは知っていました。そこで、「ウチも見積書を出すのでご検討ください」とお願いしたのですが、「総額△△△万円より安くなりますか?」と逆に聞かれて絶句しました。私が見積もっている工事金額の2分の1の金額だったからです。

多くの工事業者にはお抱えの防水工事業者がいて、毎回仕事をもらう代わりにかなりの安値で防水工事を丸ごと請け負っているので、ダンピング競争になればウチは太刀打ちできません。さすがに赤字覚悟で仕事を受注したくはないからです。

設計仕様書に指定されているのにこんな状況では商品を使ってもらえない、そういうケースが度重なると、新築工事ではもう仕事が取れないのではないかと考えるようになりました。新築工事は基本的に大口案件で、落札する工事業者の規模も大きく、そういう業者はたいてい下請けの防水工事業者を抱えています。そこへあとから新参者の我々が割って入るのは、かなり難しいと言わざるを得ません。

それでも時々、新築工事で仕事を受注することもあります。しかし、総合的に考えれば、なかなか金額が合わず、赤字が出ることもありました。

その最も大きな要因は、工事を受注した建設会社には、安価で落札したため建設資金が残っていないケースが多いことです。防水工事は工事全体の最終仕上げ工事として最後のほうで行われます。例えば、マンションを建設する場合、その土地の地盤が脆弱で耐震性に問題があった場合、まず初めに地盤改良工事が行われます。その後、建物の土台をつくる基礎工事があって、建物の骨組、壁、梁、床、柱、屋根をつくる本体工事があり、建物の外壁をつくる外装工事、室内をしつらえる内装工事、電気配線やスイッチ、水道管や水回りを仕上げる設備工事と続き、屋上、ベランダ、駐車場などの防水工事はその後に行われます。

この時点で他の工事がほぼ終了しており、それまでに予算を使いすぎていたりすると、「建設資金が○○○○万円しか残っていないので、△△△万円以内に収めて」と頼まれることもしばしばあります。実際にあった例では、1部屋2億円もする億ションなのに、防水工事は賃貸アパート並みの安さ、というケースも発生します。それでいて、マンションに漏水が発生したりすると真っ先にたたかれ、時に損害賠償まで要求されるのは防水工事業者です。

そこで、思い切って、新築工事よりも補修工事の受注を狙うよう、会社として大きく方針を転換しました。一度決めたら動きが速いのは私の得意技（ときには失敗もしますが）です。

建設されて10年以上経過したコンクリート構造物は、新築時に行った防水工事の効果がどうしても薄れていて、コンクリートに水が染み込みやすくなっています。そのまま放置すると、水がコンクリートの内部に浸透していき、鉄筋、鉄骨がさびて破損する恐れがあります。そうなると、最悪の場合は建物が倒壊する危険もありますから、そうなる前にできるだけ速やかに防水補修工事を行う必要があります。

そういった危険性は当然、分譲・賃貸マンション等を管理する不動産管理会社も把握しています。ただ、自分から積極的に防水工事会社に声を掛けるケースはまだまだ少ないので、こちらから営業をかける意味は大きいと思います。

その場合は、屋上の防水工事だけでなく、自分たちで足場を組み、外壁の再塗装や内装工事などのリフォームも「込み」で請け負う形にすれば、ある程度まとまった金額になり、会社にとっても大きな利益になります。

事実、ビルまるごとの補修工事を行い、足場架設から外壁タイルや塗装工事、電気工事なども全て行い、工務店の規模に近い工事を展開していたこともありました。そうすると利益が新築の５倍近くになり、会社の売上の柱になってくれていました。私は、各種工事業者さんと打ち合わせをして現場を監督することがメインの仕事になりました。特にこの仕事に対する難しさは感じず、緊張感を持ちながらも、作業員の方々とコミュニケーションを取りながら、楽しく仕事をしていました。みなさん、指示したとおりに動いてくれて、工事を完了させていきました。これは私の天職だと感じました。考えたものごとが形になって、整えられていく様が、とても創造的で楽しく思いました。

ここでは、親から受けた理不尽な仕打ちのストレスもなく、淡々と工事が完成していくため達成感に満ち溢れていました。

大学院の工学部で研究生になる

この年、1996年は私にとっては大きな転機が立て続けに訪れました。

まず、この年の4月に、私は大学院の工学部の材料研究室の研究生になりました。その経緯は次のとおりです。

ある日、事務所にある大量の資料のなかから、会社の商品の防水効果に関する大学の研究室での実験データの書類を発見しました。そこに書かれている内容について深く知りたいと思った私は、直接、その大学に電話してみようと思い立ちました。

それで、大学総務の電話番号を調べ、工学部の研究室につないでもらおうとしました。ところが、すでにその研究室の先生は退官されていたのです。昭和40年の実験データでしたので、すでに30年以上も経っており、その事は想定していました。「そうですか……」と答えた私の声が、よほど落胆したように聞こえたのだと思います。電話対応してくれた職員は、「現在は工学部のコンクリート材料研究室が分野的には近いので、もしかしたらその先生なら研究のことが何か聞けるかもしれません」と言って、その研究室に電話を回してくれたのです。

そこで、電話に出られた先生にこの実験について聞くと、「ちょっと自分では分からないけど、その方面の資料や論文がこちらにあるかもしれないから、一度こちらに来てくれませんか」と言われました。この時何気なく電話を掛けたことが、その後の運命を大きく変える出来事となるのでした。

その時、翌日伺う約束をし、大学構内をうろうろと迷いながら研究室を訪ねると、先生は私を快く迎え入れてくれました。そして、私が実験データを見せると、どこかに関連した資料や論文があるかもしれないと、ずいぶん時間をかけて書棚の中を探してくれたのです。

ところが、結局収穫はゼロでした。肩を落として「今日は貴重なお時間をいただき、ありがとうございました」とお礼を言って帰ろうとすると、先生は突然「そんなに興味があるんやったら、自分でやってみたら、どうや？」と、声を掛けてくれました。どうやら私がよほど向学心に燃えているように見えたみたいです。「そんなに熱意があるなら、大学の機材を使って自分で実験してみればいいじゃないか？」と先生はそんな大それた提案をしてくれたのでした。


「えっ、でも私、理系やないですし」

「いや、そんなのは関係ない。大学は出てるのか？」

「はい、いちおう4年制大学は卒業してます」

「だったら問題なし。大学院に研究生として在籍すれば、自由に実験できるよ」

「でも……在籍するには入試とかありますよね」

「いちおう面接と簡単な筆記試験が2月にあるね。それに合格すれば、4月から研究生として来られるよ。そうだ、もし時間があるなら、来週からでも来ればいい。ちょうどウチの研究室の大学院生が一人辞めたから、そこに席はあるし、そいつが置いていった教科書も自由に使ったらいいから」


私は内心、「いきなりこんな展開ってある？」と驚いていました。単に過去の実験について話を聞きに来ただけなのに……。しかし、大学の先生にそこまで言ってもらえるなら、断る理由はないなと思いました。気がつくと「では、よろしくお願いします」と頭を下げていました。こういうところが予定調和大嫌いの私の真骨頂なのだと思います。

そして本当に次の週から、私は研究室に定期的に通うようになりました。そこの研究室には外部からよく電話がかかってくるので、私が率先して電話を取っていたら、周囲の人たちは秘書を雇ったと思ったみたいです。

そして2月に試験を受け、4月から晴れて大学院工学部の研究科の研究生になりました。会社の仕事も続けながら、週2~3日は大学に通いました。

この間、せっかく頂いた2度目の学生生活を活かそうと、構造力学、材料工学、コンクリート材料学などの専門分野を懸命に勉強しました。先生が「講義にも出ろ」というので、工学部のいろいろな授業を聴講し、また先生に連れられて日本コンクリート工学会の学会や土木学会の全国大会にもうかがい刺激を受けました。こんなに、みなさん研究してるのか！と。

このときの学び直しがあったから、自社の材料についても深く知ることができたし、社会人ドクターの資格を取りに来ていた大手ゼネコンの技術者さんたちとも交流ができ、それがのちのちのビジネスにつながっていきました。それ以外では、研究室の学生さんたちと一緒に食事に行ったりカラオケに行ったり、ゼミ旅行に出かけたり、およそ5年ぶりの学生生活を味わいました。当時私はまだぎりぎり20代、だからこそできた〝冒険〟だったと、今になって思います。

恩師の突然の死

1996年1月、ふとしたことから、大学院の工学部の材料研究室の研究生として在籍させてもらい、コンクリート材料の先生と知り合ったことが、私のその後の人生を大きく変えました。

それまでは、コンクリート防水材のこと、防水工事のことを職人さんから〝現場レベル〟で感覚的、経験的に教わっていました。それが大学院の研究生としてコンクリートを工学的に学ぶことで、コンクリートや防水について、〝学術レベル〟で論理的に理解できるようになりました。

もともと、私は理系教科が苦手だったはずですが、およそ5年ぶりに勉強を始めてみると、見るもの聞くものが初めてのものばかりで、「新しいことを知るのって、こんなに楽しかったんや！」と、ワクワクしているのでした。

研究生として大学院に在籍できるのは2年です。その修了日が近づいた１９９８年2月、「これまでの研究成果をレポートにまとめ、2月25日の夕方5時までに私の研究室に持ってくること！」と、先生に指示され、仕事の合間にレポートを書き続けました。

レポート提出日の前日にも、先生から確認のための電話をいただき、その日はほぼ徹夜でレポートを仕上げました。

「よっしゃ、どうにかレポートらしいレポートが書けた……」と、25日の朝にほっとして出かける準備をしていると、午前10時過ぎに同じ研究室の学生から私の携帯に電話がかかってきました。普段、あまり電話をもらう相手ではないので、「なに？」と思いながら、「どないしたん？」と電話に出ると、最初は何も聞こえませんでした。

「…………………」

「もしもし？」

「あの、先生が……」

「先生がどないしたん？」

「先生が亡くなられたんです」

「はあ……？」

最初はウソか冗談かと思いました。それで、「私、今日の夕方5時に先生と約束してんねんけど！　先生が死んだって、何言うてんの？」と言い返すと、消え入りそうな声で「本当なんです……」と。その瞬間、これは冗談ではない、尋常ならざることが起きたのだと察知できました。

「……もしかして、事故に？」

「いえ、今朝、自宅で倒れられて、救急病院に搬送されたのですが、心筋梗塞で亡くなりました……」

そのとき私は、生まれて初めて「腰が抜ける」という体験をしました。座っていた椅子から立ち上がろうとしても、下半身にまったく力が入らないのです。

それでも、なんとか這うようにして動けるようになったので、取るものも取りあえず大学へ行くと、研究室は大騒ぎになっていました。泣いている人、呆然としている人、慌ただしく電話で話をしている人……。私はもう思考停止状態になって何も考えられず、お通夜も、告別式も、あっという間に時間だけが過ぎていきました。

亡くなられた先生はまだ50歳でした。2月下旬のその時期は、学部生の卒論や大学院生の修士論文のチェック、大学入試のサポートなどで先生は多忙を極めていました。もともと心臓に持病を持つ先生にとって、過労とストレスが命取りになったようです。

先生は、コンクリート工学の世界で影響力のある先生の一人でしたから、亡くなったことで、この業界の勢力図も変わると噂されていました。私にしてみれば、コンクリート工学の著名な先生たちや土木業界の重鎮の方など、先生の〝顔〟で数々のご紹介をいただきました。もう、感謝の気持ちしかありません。そのため先生の死によって、開いていた扉が突然バタンと閉まってしまったことを感じていました。先生がいなくなった以上、もう大学で何かを学ぶ機会は永久に訪れないと思っていました、しかし後を引き継いでくださった後任の教授のお陰で、大学にも縁をつないでもらうことができ、その後も続く材料ゼミ等に参加させていただいていました。

大活躍してくれた学生アルバイト

１９９８年の３月に大学の研究室を修了し、その年の６月に防水工事の職人だった夫とも将来の目指す目標が違うことを理由に２年弱で離婚し、いよいよ私は一人になりました。

結婚していた頃、会社の代表取締役社長を母から夫に変更しましたが、離婚とともに、母を再び代表取締役社長に据え、再出発です。

「こうなったら、私がとことんやったるわ！」

この時に、私がやっていかねばと「本気スイッチ」が入り自分に誓った瞬間でした。

父の起こした会社に携わって4年目、当初は防水工事に関してまったくの素人だった私も、さすがにプロとしての知識と技量が備わってきていました。別れた夫と、亡くなった先生のおかげです。

この頃、防水工事の業務を支えていたのは、日雇いの派遣作業員と学生アルバイトたちでした。

大学院に2年間研究生として在籍している間、学生さんたちと徐々に仲良くなっていくと、「防水工事のアルバイトせえへん？」と気軽に声を掛けられるようになりました。

当時のメインの仕事は、自社の防水材を使用する責任施工の防水工事業です。防水工事は普通は面積単位で請け負い、総工事代金を見積もりします。父の時代には自社で抱える下請け工事業者が何カ所もあり、一括で各所に下請け業務を発注していました。それだけ工事量がたくさんあったのです。しかしそのやり方だと、中間の手数料だけもらう形になり、取り分（粗利益）はわずかになります。工事の数量が多ければ、それでよいのですが、たまにしか来ない防水工事の依頼をそのようにしていたら、全く利益が出ません。

そこで思いついたのが、学生たちの活用です。「1日1万円でアルバイト代金を日払いで支払ってあげる」という触れ込みで必要な作業員を学生たちから募りました。

私が現場に連れていき工事作業の指導をすれば、素人でも防水工事は可能だと踏んだからです。このように父の時代にやっていた下請けに工事発注する形をやめて、直接アルバイト作業員で工事を仕上げていく、このやり方だと、会社への取り分もしっかりと残ります。

学生たちはみんな優秀なので、工事作業の要領を覚えれば、立派な職人さんと変わりません。徐々に、現場の職長（作業職リーダー）を任せる学生も出てくるなど、みなアルバイトの枠を超えて、社会人の準備期間として、しっかりと頑張ってくれました。その学生の一人が、この経験を元に、就職先をゼネコンにして、今も海外事業部で現場を回しているのを聞くと、このときの経験が役に立ったのだとうれしく思います。

第5章

三代目社長として——
新技術を開発し、引き継いだ会社を急激に拡大

本格的に東京に進出

２０００年頃から、私の会社のビジネスの中心は大阪圏から東京圏へと少しずつ移っていきました。この頃、懇意にしてくれる建築設計事務所が東京圏で増えていき、紹介の紹介という形で仕事が拡大していきました。

そろそろ東京にも営業所を出すタイミングかな……。そう考えていると、懇意にしていた設計士の先生の所有ビルの２階を安価で間借りすることができました。

大阪と東京では、ビジネス環境というか同じ日本語でも表現のニュアンスが異なり、四苦八苦することがありました。

その一例が、「検討しておきます」という表現です。大阪では、「ごめんなさい。今回は必要ないです」という断りの決まり文句なのですが、東京では、本気で検討に上げていただき、後日その回答がやってきて、採用しますという返事が来たりするのです。

「えっ？　検討しとくって言ってたから、ダメだと思ったのに、ホンマに検討すんねんや！」と。東京でこの話をしたら、みんな目を丸くして「なに言ってんの？」と、私の感覚に驚いていました。

また別の話で、ある都内の工事現場での出来事です。前回、工事作業について相談していた若い工事監督さんが当日公休で、その方の名前をつい忘れてしまい、『あの……。この前、若いおにいさんの監督さんに、お話ししていたのですが……」と、何気なく話しだすと、年配の現場所長さんが「君！　ウチの社員に対してなんてこと言うんだ！」と、いきなり激高されました。

「えっ？　何か……？」。私は、何に怒られているのか分からず閉口していると、「ウチの社員のこと、君がなぜ、おにいさんなんて失礼なこと言うのだ！」と、「ウチの社員に対して、部外者の君がおにいさんなどと、軽々しく呼ぶなんて、もっての外だ！」。

「えっ、私は、そんなつもりで言ったわけでは……」と、いくら弁解をしてもその怒りは収まらず、終始謝り続けました。その後、このゼネコンさんとは取引はありませんでした。

大阪では、男性のことを総称して親しみを込めて「おにいさん」とか、「おにいちゃん」と呼びます。女性に対しても「おねえさん」とか、「おねえちゃん」と。何もこの言葉に悪意があるなんて、大阪の人は誰も思っていないと思います。こんなちょっとした言葉の使い方の行き違いで、問題が発生してしまう。同じ日本語でも、ちゃんと真意が伝達できないとは、恐ろしいことだと思いました。このことがきっかけで、私は西と東の言葉の使い方の違いをしっかりととらえて、できるだけ勘違いが生まれないように注意を払うようになっていきました。

これも両親に、いきなり理由も分からず怒られてきたことに慣れていたため、冷静に落ち着いて状況を分析し、相手に合わせて表現方法を変えられたのだと思います。

そんな柔軟な思考で立ち回り、東京の言葉の表現方法にも慣れてきたら、東京は大阪に比べてとてもビジネスがやりやすいところだと思いました。

「検討します」という表現を例にとってみても分かるように、東京は言葉を額面どおりに受け取って良いということでした。私にはどうしても勘ぐるクセがあるようで、まともに正面から言葉を受け取れないところがあります。その思考のクセは、「その言葉を信じたら足をすくわれるのではないか?」とか「そんなはずはない」という相手に対する不信感から来ています。私の両親は、コロコロと前言撤回を繰り返す人たちだったので、当然、人はまず疑うという思考になっていたのだと思います。

でも、東京で仕事をしてみると、出会う人はみんなきちんと私の話を聞いてそれを実行してくれました。大阪では、最初と話が違って現場でいきなり条件がひっくり返されることがよくありましたが、それがほとんどありませんでした。「もう、人に欺かれたり、人を疑ったりしなくていいんだ。東京って、なんて仕事がしやすいんだろう！」と素直に感動しました。私の生い立ちは、大阪の下町で「生き馬の目を抜く」ビジネス環境では活かされたのですが、東京ではあまり必要でなかったのかも知れません。

これは、東京ではシステマチックにものごとを進めて、淡々と業務を遂行するという思考から来ていて、いちいちそこで人を疑ったりするなどということは必要ないのだと、私の中で理解しました。ここなら、今まで大阪で積み上げてきたものが、花を咲かせられるかも知れないと、未来が明るいと心を躍らせました。

その後、ビジネスの比重はさらに東京のほうが大きくなっていきます。２００５年の時点では、９割が東京方面の仕事でした。

この２００５年からの2年間は、私の人生にとって「改編期」にあたります。

まず２００５年10月、それまで大阪市にあった本社を、仕事量の増加に伴い、東京都新宿区に移転しました。また、それに合わせて、代表取締役社長を母から私へと変更しました。実質的には、ほぼ私がビジネスに関する全権を担ってきましたが、いちおう母の経験とキャリアを尊重して、母を社長にしていました。しかし、60代半ばに差し掛かったこの頃から、母は心身ともに衰えが目立つようになったため、本社の住所変更に合わせて代表権も移すことにしたのです。

主力商品の誕生

1997年、当時防水材の原材料を開発研究していた会社の基礎技術を用い、共同開発で、新商品の塗料が産声を上げました。当初この新商品は、コンクリート打ち放し建築物の美観と防汚を目的に売り出す予定でした。しかし、なかなか市場には受け入れてもらえませんでした。安価な撥水剤を塗るだけで十分だという意見が強く、性能が良いことは理解してもらえるのですが、工事業者は初期のコストアップを懸念されていました。

建築分野の販路が難しいなら、土木分野で提案してみたらどうか？

私の、生来のダメ元精神からの発想でした。「同じコンクリートなのだからこれは絶対イケるはず！」。私は、多くの市場を見込めるはずと、意気揚々としていました。

2000年頃、当時はコンクリートの表面に塗布する塗料の性能は、水や空気を一切通さないものを採用していました。橋梁の橋脚、高欄、床版下面、トンネル覆工のコンクリートに塗布して劣化抑制するという目的で、多くの現場で採用されていました。

この時期に私は一生懸命、土木工事の分野にこの新商品を広げようと考えていました。この塗料の性能は、表面に塗膜を形成することで雨水は中に入れずに、コンクリート内部の水蒸気は外に出すというものです。繊維でたとえると雨がっぱのような性能を持ち合わせていました。いわゆる透湿性を持たせて、コンクリートの呼吸を促すというイメージです。この思想は、建築分野では割と当たり前なのですが、土木分野になると、全く違っていました。同じコンクリートなのに、なぜ?という感じでした。

私は、なかなかこの思想が土木技術者に通じないことに、いら立ちと疑問を持っていました。

建築のコンクリートは圧縮強度が土木のコンクリートより小さい。だから土木のコンクリートは、圧縮強度が高く密実に作られている。そのため内部に「水はない」との認識の方が大勢でした。

「えっ?　はたして、そうなのかしら?」

でも、みなさん土木技術者といわれる、私よりもそれなりに土木を勉強されたはずの賢い人ばかりなので、「そんなもんかな?」とも思っていました。

しかし、塗装工事から数年経過すると、透湿性がないことで、表面に形成された塗膜がふくれたり剥がれたり、色んな劣化事象が顕在化してきました。「やっぱり、私の考え方のほうが正しいやん！」。諦めずに言い続けてきたことが、時間の経過で証明されてきました。

あれから20年ほど経った今では、透湿性を有したものを採用したいと、話が真逆になってきました。不思議なもので、当時から同じことを一貫して説明しているのですが、時代が早すぎたのか、やっと追いついてきてくれました。

また、この製品の良さを早いうちから実感してくれるユーザーも確実に存在していました。そんなユーザーの一人が、「今度国土交通省が『新技術情報提供システム』という、優れた新技術を社会に広く公開するシステムの運用を始めたから、登録してみたら？」と教えてくれました。それが２００３年だったと思います。私たちはそのアドバイスに従い、すぐに国土交通省「新技術情報提供システム（New Technology Information System ＝ＮＥＴＩＳ）」について調べ、早速登録申請をしました。この申請が、のちにこの商品にとって最大のチャンスを呼び込む伏線となりました。

工事業をやめてメーカー専業に

この新商品をＮＥＴＩＳに登録申請したものの、それが売上増に直接結びつくことはなく、この時期、会社の業績は低空飛行が続きます。そこで、このまま大阪を中心にしていても新たな展開は望めないため、２００３年に東京に進出しました。

私が実践している「思い立ったら即、行動」がここでも発動、ところが結果的にこの展開が功を奏しました。新築工事における防水工事の受注が増えたため、東京を主戦場にすることを決断し、それが２００５年10月の本社移転、代表取締役社長交代につながります。東京に拠点を移したことで、会社の売上は前年から3倍になりました。

しかし、会社経営というのは本当に難しいです。「よし、これでいける！」と、将来に向けて明るい希望を見いだせたと確信した瞬間、さっと足をすくわれたりするのです。これって私の子どもの頃と同じ……。

２００８年9月のリーマン・ショックは、対岸の火事では収まらず、日本経済にも大打撃を与えました。当時の状況を覚えている人には、「確かにあのときは大変だった……」と、共感してもらえると思います。

特に建設業界では、実はその前年の2007年から、すでに歯車が狂い始めていました。その頃、東京の湾岸エリアでは、かつての工場跡地を利用した再開発事業が盛んに行われていて、勝どき、晴海、豊洲、お台場、汐留に超高層マンションの建設ラッシュが続いていました。

そういった再開発事業を担っていたのは、スーパーゼネコンなどではなく、大手・中堅のディベロッパーでした。ディベロッパーといわれる企業の多くは、自己資本をそれほど持たず、銀行から融資を受けた資金でマンションや職住接近の複合施設を建て、その売上で借金を返済し、さらに新たな融資を受けるというビジネスモデルになっています。いわば、壮大なる〝自転車操業〟です。このサイクルがうまく回っている間は、驚くほどのスピード感をもって業績を上げられますが、ひとたびどこかでサイクルが滞ると、ビジネスそのものが破綻するリスクも負っています。

2007年は、まさにそのサイクルが滞った年でした。超高層マンションの供給過多が噂されるようになると、最悪の事態を恐れた銀行が、まず中堅ディベロッパーへの融資を止めたのです。すると、そこから先のお金の流れがパッタリ止まり、自己資本率の低い中堅ディベロッパーは経営破綻し、そこに連なるゼネコンや１次・２次・３次の下請け業者がバタバタと倒れていきました。私の会社も多くの防水工事を受けていたので、たちまち経営が行き詰まり、施工にあたった工事業者や職人に報酬が支払えないかもしれないという悲惨な状況にまで追い込まれたのです。

もともと防水工事の仕事は薄利だったため自転車操業で、そのため、従業員にはやめてもらい、自己資金も全部吐き出し、これ以上削れるところはないというところまで追い込まれていました。翌年、リーマン・ショックでさらに日本経済の悪化に直面したため、大きな決断をすることになります。

私たちの会社は自社製品を使って、防水工事を行うという「責任施工」の体制を旨としてきました。そのため、ゼネコンの下請けとして防水工事を行うと、万が一その会社が倒産したりすると、工事代金を回収することができなくなります。すると取引先や工事の職人さんに賃金が払えなくなるという、本来メーカーには起こり得ないリスクを背負うことになります。

この先の読めない不安定な時代、そういった不確定要素はできるだけ経営から排除すべき――だと判断しました。そこで私たちは２００９年から、過去半世紀以上続いた「責任施工」という看板を下ろし、メーカー専業として歩んでいこうと決意したのです。

新会社を立ち上げる

しかし、メーカー専業に大きく舵を切ったところで、その当時の売上は、ほぼゼロでした。売上のほとんどを防水工事の代金に頼っていたからです。その防水工事をやめてしまうと、では、私たちの会社はいったい何でお金を稼ぐのか?という話になります。

今振り返ると、2007~2011年頃が、私たちに与えられた最大の試練のときだったと思います。当時、会社で販売できる商品は数種類しかなく、それらの販売ルートもまったく見えていなかったため、営業活動に労力を費やす余力はありませんでした。とにかく、日々の生活費にも事欠くようになっていたのです。

この時期は、どうやって乗り越えたのか……、何をやってもうまくいかず、少し自暴自棄にもなっていましたが、とにかく日々の生活をするため、私は他の業種の仕事もやってみたりして、とても苦しい時代でした。メーカー専業に大きく舵を切るには何の保証もなく、なかなか苦難の道程だったと思います。

苦しいさなかの２０１０年、一つだけ前向きなニュースがありました。２００６年７月に建設資材販売を目的として設立し、まだ小規模にしか運営していなかった新会社をこの年に新たに商号変更し、全商品の製造販売事業を行う会社として新たにスタートさせました。代表取締役社長は株主として出資比率１００％の私が就任しました。防水工事の業務については、従来ある父が創業した会社が担いました。

防水材の製造販売事業を新会社へ移管することは、将来の発展につながる出来事になりました。

母の介護のため大阪に拠点を戻す

私たちは東京を拠点に再出発しましたが、母は依然として大阪で一人暮らしをしていました。ただ、坂道で転倒して腰を強打し圧迫骨折をしてから、身体が急激に弱っていきました。従来悪かった右膝を治療するため、人工関節を入れる手術を受けましたが、生来のめんどくさがりが発揮され、リハビリを積極的にはやらず、逆に膝が固定化して動けなくなってしまいました。そして自力では歩行できなくなり、車椅子生活を余儀なくされていました。

私は東京を拠点に暮らしていたのですが、症状が悪化の一途をたどっている母を放っておくこともできず、大阪に戻るかどうか思案していました。

2011年1月、母に痴呆の症状も強く見られるようになり、いよいよ妹たちからの「早く帰ってきて」コールが強くなってきていました。この時点で、母の要介護度は3と判定されており、妹たちも介護疲れがひどくなり音を上げるようになっていました。

母を介護するには、やはり大阪に戻るしかない、そう決断し、実際に大阪に戻ったのがこの年の2月、またまた電光石火の早業です。元の会社の事務所はすでに引き払っているので、大阪市内の3階建ての自宅を新会社の本店住所と定め、東京圏でのビジネスも大阪からコントロールすることにしました。

今まで、母とは色んなイヤな思い出や、幼少期に受けた精神的な虐待によるトラウマもありましたが、人生最後に差し掛かって弱っている母との時間を、ちゃんと悔いなく送ってみようと決心したのでした。

母の死

２０１１年2月から、いよいよ在宅で母の介護生活が始まりました。日中ほとんどの時間を母と2人で過ごしました。

振り返ってみると、母と同じ屋根の下で暮らすのは久しぶりです。少女時代、母からはずいぶん心ない言葉を浴びせられましたが、身体全体がすっかり小さくなった母を見ていると、「どうして私はこの人にいつも苦しめられていたのだろう……」と、不思議な気がしました。私がもう少し若いときに母を介護する立場になっていたら、子ども時代の復讐を一瞬でも考えた可能性もあります。しかし、母を実際に介護したときは、そのような復讐を考える気持ちも失せていました。この母に育てられたからこそ「今」があると、仕事で色んな試練を乗り越えられたから、思えるようになっていたのです。

こうして母と久しぶりの同居生活を始めて、家の中には平穏な時間が流れていました。

車椅子を携えて一緒に旅行へ行ったり、近くの整体師さんに家に来て診てもらったり、一緒にテレビを見て談笑したり。何気ない時間を、意識的にたくさん過ごすようにしました。

痴呆が入っているので、今までの毒づいていた当時の母はそこにはなく、ぼんやりと過ごしている穏やかになった母が私の目の前にいました。私はこの時に、過去の苦しめられた母親像から、憧れの「優しいおかあさん」に上書き修正していたのだと思います。

しかし、このまま自宅で介護を続けていたら、肉体的にも精神的にも大変で、仕事もできないし、母も私も共倒れになると思い介護施設に入所してもらうことを考えました。

そこで、近隣の施設を直接訪問して、認知症の高齢者が9人以下の少人数で共同生活を送るための施設、グループホームを見つけました。母と一緒に施設見学に出かけ、個室もちゃんと充実していて好印象を持ちました。そこで、早速、その日に母がお世話になることを決めて入所手続きも行いました。ちょうど、1週間後の7月20日が入所日になりました。当の母の反応は、あまりこの手続きに乗り気ではありませんでしたが、仕方ないのかなといった感じに見受けられました。

そして、グループホーム入所を前日に控えた7月19日の朝方。前日から熱が38度以上あり、居眠りしているようにうつらうつらしているので、風邪でもひいたのじゃないかと思い、いつも診てもらっているホームドクターに往診に来てもらいました。すると、母の診察を始めてまもなく、ドクターが「すぐに、救急車を呼んでください」と言うのです。「呼吸がおかしい。呼吸など生命維持をつかさどる脳幹の血管が切れている可能性があります」という言葉に仰天し、改めて母の様子を見ると、呼吸が不規則で、いわゆる昏睡状態に陥っていました。すぐに１１９番に電話し、10分後には到着した救急隊員も、「おそらく脳出血だと思われますので、ただちに救急病院に搬送します！」と言います。そしてベッドから母を下ろしストレッチャーに乗せ、救急車に運び込み、サイレンをけたたましく響かせ走りだしました。この時は、人生初めての救急車の乗車で気が動転していました。そしてどこに運ばれるのか？　気になっていたら、どこも搬送先の病院がいっぱいで、慌てている救急隊員さんの声が、ドラマのワンシーンのように聞こえていました。とてもこの状況に、リアリティがありません。私自身も前日から微熱があり、単に母も風邪をこじらせているだけだろうと、このときの診断は絶対誤診だろうと信じられずにいました。

しかし、病院での診断結果もやはり脳出血でした。しかもホームドクターの見立てどおり、脳幹付近で出血しているようです。そのままＩＣＵに入れられたものの、高齢で心臓もかなり弱っているため、担当の医師からは「何の処置もできません」と告げられました。そして、「必要であれば人工呼吸器は付けますか？　延命措置はしますか？」などの質問に「はい」「いいえ」で答える同意書を書かされ、最後にサインを求められました。気が動転している自分と、どこか冷静に判断している二人の自分がいました。手がカタカタと微妙に震える中「延命措置はしない」と、意を決して同意書にサインをしました。

「おそらく、今日明日が山になると思いますが、この状態が1～2カ月続く可能性もあります。とりあえず、明日のお昼過ぎにまた様子を見に来てください。もしも今晩、容態が急変したらご連絡します」

そう医師に告げられたので、駆けつけてきた親族一同は、いったん帰宅することにしました。

明けて7月20日の午後。親族全員が病院に集まりました。母は依然、昏睡状態のままでしたが、小康状態を保っていました。体温・血圧・脈拍・呼吸数・意識レベルのいわゆる「バイタル」は昨晩とあまり変わりがなく、ただ徐々にゆっくり数値が落ちてきている状態です。このまま低空飛行でずっと飛び続けるケースもあるそうです。その間、手足をもんだり、カセットデッキで好きな演歌を聞かせてあげたり、話しかけたり、意識がないようにみえても聴力は最後まで機能しているといわれているので、全力でできる限りのことをしていました。そこには、危篤状態の母がいるのですが、全員がいつも以上に陽気に振る舞って、奇跡が来るのを待ち望んでいました。

そして、午後8時45分頃、この状態は急には変わらないだろうと思い、自宅の遠い妹たちに、「明日もあるから、そろそろ帰りや」と促しました。私の家は病院から近いので、もう少しここにいるから、と言うと、妹たちも「そう？　ほな、そろそろ帰ろかな」と帰り支度を始めました。

すると、まるで私たちの会話を聞いていたかのように、母の血圧がすーっと下がり始めたのです。バイタルの数字が明らかに変わったので、すぐに看護師さんに声を掛け、担当医の先生に来てもらいました。先生は聴診器で心音を聞いたり、瞳孔を確認したりしていましたが、やがて私たち家族のほうへ向き直り「ご臨終です」と告知しました。

母は、私が妹たちに「そろそろ帰りや」と言ってから、わずか15分くらいで、天国へ旅立ちました。その場に立ち会った私は、母は自分の死ぬタイミングをコントロールしたに違いないと感じました。妹たちが帰ると言っているから、娘たちがまだ枕元にいるうちに、「じゃあ、私は、そろそろ逝きますわ」と挨拶して逝ったのだと……。

そして亡くなったのは7月20日、脳出血になっていなければグループホームに入所するはずだった日です。「やっぱり、意地でもグループホームに行きたくなかったんやな」

いまさらながらに、母の意志の強さを妹たちと確認し合いました。

通夜・告別式の会場は、大阪の自宅からほど近い寺院にお願いすることにしました。そのお寺には大ホールがあって、豪華で立派な告別式を挙げられます。母は父とは結婚式を挙げていません。だからこそ、お葬式くらいは豪華で盛大にやってあげようと、ずっと以前から考えていたのです。お葬式は故人をあの世へ送り出すジャンプ台だと思っています。派手で目立つことが好きだった母ですから、盛大に送り出してやりたかったのです。

告別式当日、お世話になったケアマネジャーやデイサービスの介護スタッフの方たちにもご参列いただきましたが、告別式の規模に相当驚いていました。「その辺にいる普通のおばあちゃん」だと思っていた人の葬儀に、関係各所から大きな花輪がたくさん届いていたので、「おばあちゃん、こんなに偉い人だったの?」と認識を新たにしたはずです。母にしてみれば、まさに「してやったり」というところでしょう。きっと葬儀の盛大さを見て、喜んでいると思うし、私も多くの皆さんに参列していただき感謝しています。

ちなみに後日、新会社の登記簿謄本をみる機会があって気がついたのですが、7月20日という日は、なんと設立日でありました。偶然といえばそれまでのことなのですが、母がこの新会社に魂を込めたのでは……。天国に帰って、この世で肉体を持たなくなってから、母の仕事への奮闘が始まったような出来事がそれを証明するかのように、続々と出てきました。

こうして私は、43年間、捕らわれていた母の呪縛から解き放たれることになりました。

新商品が高い評価を受け、業績が急上昇

母が父と一緒になって、あの世ですべてをうまく取りはからってくれているのか。あるいは、単に私が呪縛から解き放たれたせいなのか。とにかく、母を盛大な葬儀で見送ってから、私を取り巻くすべての事象が良い方向へと回り始めました。そして新たな協力を得られるメンバーとの縁が、このころからつながり始めました。

良い流れの中でも特筆すべきは、会社の看板ともいえる新商品が国土交通省の新技術情報提供システム（ＮＥＴＩＳ）で、２０１２年度準推奨に選定されたことです。

多くの優れた特性を持つがゆえに商品のキャラが立てにくく、土木業界になかなか評価されないという状態が長く続いていたこの商品でしたが、高く評価してくれているユーザーの助言に従い、２００３年にすでにＮＥＴＩＳに登録を済ませていました。

当時のＮＥＴＩＳは、専門分野ごとに新技術を広く紹介するためのシステムでした。ところが、「単に技術を紹介するだけでは意味がない」と国交省自身が考え、２００８年からは「登録された新技術が従来技術に比べて優れているかどうか、評価し公表する」という役割もシステムに追加されました。そして、登録した自社技術をその評価システムに掛けたいのであれば、改めて申請することになったのです。私たちはこの商品に絶対の自信を持っていたので、もちろん「評価し、優劣を付けてほしい」と申請しました。

その申請に対する回答が国土交通省近畿地方整備局からもたらされたのが２０１０年でした。「各種新技術を評価するための専門家会議が開かれるので、ついては近畿地方整備局まで来て、専門家たちの質問に答えてほしい」というのです。そこで専門家会議当日、わが社の技術担当が近畿地方整備局まで出向きました。

「これは一種の賭けだ」と思ったそうです。というのも、その専門家会議に出席する有識者の顔ぶれによって、評価も大きく違ってくると考えられるからです。

コンクリート用の塗料の特性については、専門家の間でも意見が大きく割れていました。ポイントは透湿性に対する考え方です。ある研究者は、「コンクリートの表面を完全に塗り固めて水も空気も一切透過させるべきでない」と主張していました。また別の研究者は

「コンクリートは元来内部に水分を含んでいるので、それを外に吐き出させるためにも、コンクリートの表面は水も空気も適度に透過させるべき」だという考え方でした。

前者は昔からよくある考え方で、後者はまだ新しい考え方であり、この商品は後者の考え方に基づいて作られています。そのため、前者の考え方の人がより多く専門家会議に出席していれば、評価は当然低くなります。

当日、近畿地方整備局に行くと、会議はクローズドで行われていました。質問を受けるために呼ばれた技術者はその前室に待機し、会議のメンバーから質問が出たときのみ、会議室に入って質問に答えることになります。「お願いします」と係の人に呼ばれて技術担当が会議室に入ると、そこはかなり大きな部屋で、ロの字型に並べられたテーブルに10人ほどの人々が座っていました。

見たところ、大学教授は４人。しかもそのうち３人は私たちの関係する先生でした。これはとても幸運なことでした。そのため、この商品とは関係のない質問が出た際に、この先生方が一蹴してくださり、無事に専門家会議をパスすることができました。

そのときは、「この商品は運を持ってるな。もしかしたら大化けするかも」とこれからのことに期待しました。

専門家会議の評価がNETISのホームページに公開されその後、2011年10月、評価は「コンクリートの劣化を抑制する効果は従来技術と同程度かそれ以上で、経済性（省コスト）は従来技術よりきわめて高い」。つまり、この商品は従来技術より高く評価されたということです。それで「やれやれ、良かった」と思っていると、さらに驚きの展開が待っていました。

2012年5月、今度は国土交通省本省のホームページで、この商品が卓越した新技術として「準推奨技術」と評価されたのです。推奨または準推奨された新技術で、「塗料」部門では初めてです。しかも国交省は新技術を広く普及させるため、推奨または準推奨された新技術を使って公共工事に入札すると、より落札しやすいよう大幅に加点するというのです。

おそらく、スーパーゼネコンと呼ばれる多くの建設会社が、この商品を「入札時には仕様にとにかく入れておこう」となったのだと思います。それ以降、数多くの建設会社や工事関係者から問い合わせの電話が殺到し、「話を聞きたい」という担当者の方と面会する機会も多数ありました。

ともあれ、２０１２年以降、工事の設計仕様書に書いてくれる建設コンサルタント会社や建設会社が急増し、２０１３年以降には、土木業界で広く知られるようになりました。実際に商品を使用した多くの方が性能の高さに驚き、「これはすばらしい技術ですね」と感心してくれて、リピーターも急増し、それとともに、会社の業績も急速に上昇していきました。

道路会社と防水工法の共同研究をスタート

会社の知名度が土木・建築業界で次第に高まっていき、性能と品質の良さで製品のリピーターが増えていくにつれて、私たちの技術力に期待した共同研究プロジェクトが立ち上がっていきました。

２０１５年からスタートした、道路会社との共同研究による新しい床版防水工法の開発がその一つです。

道路会社の技術部に指定された仕様と要求をもとに、わが社が床版防水材の新商品を開発したのは2016年のこと。その後、材料の配合を調整したり、作業手順を見直したりするなどして工法の精度を高め、道路の路面で試験施工を実施したのが2017年10月でした。施工面積は約500平方メートル。この時点で、「2〜3年様子を見ましょう」というのが、わが社と技術部との共通の認識でした。道路の路面の状態は天候、気温、湿度、紫外線、交通量などさまざまな要因で変化し、劣化していきます。それらの影響は複雑にからみあっているので、実際に施工したうえで経過観察を行わないと、その防水材の性能と効果を正しく見極めることはできません。そこで、経過観察を行い検討していこうというのが、当初の両者の基本的な考え方だったのです。

ところが2018年4月、「防水材基準」という一種のマニュアルが技術部により公開されてしまいました。その基準に合致するのは私の会社を含め2社の製品のみでした。そのため「床版の防水工事にはどちらかの製品を使用すること」となり、2018年9月から工事で実施されるようになりました。大規模工事になると施工数量は一度に、3万〜10万平方メートルくらいに上ります。

試験施工した面積はわずか500平方メートル。そのあと約1年後に迫った本工事には、それよりはるかに多い数量の防水材が必要になります。

こうした突然の展開に、社内では一気に緊張感が高まりました。試験施工の時点で、本番の防水工事は2～3年後だと高をくくっていたため、防水材の量産体制をいまだ確立していなかったからです。

そこから、さまざまな窮地を乗り越え、なんとか道路会社の床版防水工法としてご使用いただくようになりました。一流の大企業でもないのに、こんな表舞台に躍り出ることができる日が来るなんて……。個人宅の屋上やベランダの防水工事を、作業着が塗料で汚れながら、ひたすら修行のようにやってきていましたが、まさかこんな日が来るなんて考えてもみませんでした。

「いったい、私の人生はどうなっているのか？」

「どこまで、想像を超えた場面展開をしていくのか？」

幼少期から鍛えあげられてきた、何事も諦めない精神は、どんな場面にも通用するのです。

「真剣にものごとに当たっていると、目の前の扉がいきなり開く。きっと諦めないと神様は背中を後押ししてくれるのだ」

こうして、スタートこそ危なっかしかったものの、道路会社との床版防水工法の共同開発は見事に花開きました。今日では、道路の防水工事は私たちの会社の基幹ビジネスになっています。

母を亡くしてから13年、会社は成長を続ける

不思議なもので、母を亡くしてから今日までの約13年間、会社はずっと成長を続けてきました。２０２０年春、新型コロナのパンデミックで日本国内に激震が走ったときも、売上が落ち込むことはなく、前年比で毎年業績を伸ばしています。

また、技術開発チームが協力メーカーと共同で開発した新素材の繊維を使った新工法にも未来を感じています。それは、玄武岩を一度溶融してから極細の繊維に加工してあり、しなやかで超軽量、それをメッシュ状に織ったものです。もともと素材が無機物の岩石ですから半永久的に劣化せず、しかも強靱です。

新工法とはこの素材をベースに「コンクリートの剥落防止工法」として商品化したものです。高架橋の側面や裏側、トンネルの覆工など、この工法を用いれば、コンクリートの剥離・剥落を防いでくれます。現在、地方自治体の橋や道路会社のトンネル、大手鉄道会

社の高架橋や橋脚などでもこの工法をご使用いただくようになりました。環境に配慮した水性を基調とした塗料をバインダーとして使用するため有機溶剤臭もなく安全で、施工に手間がかからず、工期短縮がはかれるため、様々な発注者より興味を持っていただけ、ご使用いただく機会が増えてきました。

第6章

人生で大切なことはすべて毒親から学んだ——

毒親に感謝し、毒親と生きていく

せっかくならやってみてから後悔する

もともとは、「お父さんの会社なんだから血のつながっているあなたが、この会社をつぶしなさい」と母から半ば強引に会社に引き込まれ、引き継いだ父の会社が、約30年後にはここまで公共事業を中心とした販路を拡げさせていただき、規模が大きくなりました。最初は、イヤでイヤで……「いつ、やめてやろうか?」としか考えていなかった私が、なぜここまでできたのだろう?

途中で止めたら、今までの苦労が水の泡……。それなら、最初からやらなかったほうがマシ……。

そんな自分との約束のような感情が常にあります。

「やらない後悔をするくらいなら、やってみて後悔（反省）して、次に新たなことで一歩を踏み出そう!」というのが常に信条にあります。

これはきっと、小さい頃から常に両親に向かって、やりたいことを進言してきては、跳ね返され、またくじけず進言し、跳ね返される……。この繰り返しの体験から得られたものだと思われます。その子ども時代の「諦めない挑戦への繰り返し」の経験から、最終的に大学に入れて、その大学に入ったお陰で、大学院の研究生として修了でき、そこからいろんな人とのつながりができて、今に至る。過酷であった幼少期の生い立ちを背負いながら、どこか活路を見いだせないか？と脱出する道を探して思考を巡らしそれを実行に移す。

そして、自分に「やらなかった言い訳」をするのがいちばんカッコ悪いので、それを嫌って、とにかく何らかの道は必ず開けると信じて、退路を断って前に進むことをやってきました。

それを、人は「度胸がある」と言ってくれます。

しかし「あのとき、何でやらなかったのだろう」と、後悔してしまう弱虫で臆病者の小さい頃の私が今でもちゃんといます。やらずに諦めてしまうことは、何も変化せず現状維持になり、そこから脱出できないことを意味します。

それは、現状やその延長線上にしかない未来を受け入れることになるのです。そう後悔したくないために、ひたすら頑張ってベストを尽くしてきたように思います。

多分、環境に満ち足りた人生を歩んでいたら、全くこのような思考にはならなかったと思います。両親から常に追い込まれていたため、甘えることを許されず、自分のおかれていた劣悪な環境に対して客観的にならざるを得なかったのです。そのため、ふてくされて道を外すこともなかったと思います。

この人生に負荷を与えてくれた両親に対して、素直に感謝の気持ちを伝えられます。

そして、これまで関わってきてくれたすべての人たちには、本当に感謝しかありません。

身近に感じる母の気配

母が亡くなって13年ほど経ちますが、元気だった頃の彼女らしいエピソードがあります。

私たち3姉妹をよく、大阪市内の天王寺動物園に連れて行ってくれた母ですが、三女の娘である孫と二人で出かけたある日、なぜか不機嫌な様子で帰ってきたことがありました。

私が不思議に思って理由を聞くと母は「会う人、みんながこの子を『かわいいね～』って褒めるのに、誰も私のことは、なんもいってくれへんねん」と不服そうに答えました。

「えっ？　この人、60歳をとっくに過ぎているのに、孫娘といつまで張り合う気でいるの？」と私は唖然としました。

私が言うのもなんですが、母にとっての孫娘である姪っ子は、目鼻立ちがお人形さんみたいに可愛らしく、よく道行く人の注目を集めていました。普通なら孫娘を褒められていることに対して、素直にうれしいはずです。ところが、おばあちゃんの立場になっても母は、自分が人目を引く存在でありたかったようで、「いくつになっても、ちっとも変わらないな」とあきれながら思っていました。

私たち３人の娘と行動するときも、彼女は誰よりもいちばん注目されたがっていました。そして、まさか孫娘と出かけたときでも、年甲斐もなく自分が一番でありたいと思っていたのでした。結局、彼女は「母」にも「祖母」にもなれず、最後まで「女」だったのです。

そんな母の気配を、今でもふとしたときに身近に感じるときがあります。あんなに苦労をさせられたのに、なぜかかわいくて愛おしいのです。生前、彼女が子どもたちに対してどのような気持ちで接してくれていたのかは疑問ですが、少なくとも私たち３人の娘は、それぞれの思いで、彼女のことを愛していました。どんなに理不尽な扱いを受けていたとしても、私たちにとっては唯一無二の存在なのです。

お母さんならどう思うやろう

　母が亡くなったばかりの頃、私は精神的に少し不安定になっていました。それは、それまで差していた傘が突然なくなったような、頑丈な家の屋根が吹き飛ばされたような感覚で、頭上が軽くなりすぎ、落ち着かなくなったのでした。私を今まで押さえつけていた母から自由になれたはずなのに、逆に自分がどうしていいのか分からなくなってしまいました。

　私にとって、それだけ母は絶対的な存在でした。自分のことよりも常に彼女のことを優先して考え、何かに迫られると「お母さんなら、どう思うかな。どう言うやろう？」を真っ先に考えて先回りし行動していました。それは、あとからひっくり返され、波風を立たせないように事前に母の気持ちを忖度しての行動でした。ところが、母が亡くなって、そのようなことをする必要もなくなり、すべてを自分の一存で好きなように決められる環境になっても、母におうかがいを立てるくせがなかなか抜けず、思考が混乱することがよくありました。それは、幼少期から常に受けていた「母の強力な圧力」がトラウマとなり発動してしまうからでした。

そんな私を見ていた夫から「そろそろ、自分の人生を生きてみたらどう」と突然言われました。彼によれば、私は「ずっと母の人生を生かされていた」というのです。

「そうか、私は無意識にずっと母の人生の中でしか生きていなかったか……」

もう彼女はこの世にいないのだから、これから先は自分の人生を自由にちゃんと生きよう。そう心に言い聞かせたのが四十九日の法要のとき。母からの呪縛が解け始めた私は44歳になっていました。

人生で大切なことはすべて毒親から学んだ

あらためて両親との関わりを思い出すと、２人からは学んだことの多さに気付かされます。

・ダメ元精神で挑戦…世の中には絶対ダメなことはないということ
・人の感情の不確実性…今朝の感情は午後は違う。山の天候のように変幻自在だということ

・自己肯定感は自分で満たす…自己を肯定するのは他人ではなく自分であること
・洞察力の強化…言葉の裏に隠された人の真意を見抜く力がつくこと
・俯瞰する力…ものごとに巻き込まれず、上から自分のおかれた状況を観察すること
・感情のコントロール力…負の怒りの感情をコントロールできると物事がうまく運ぶこと
・ポジティブに変える力…ネガティブな状態を笑えるように変換する力のこと
・他人軸で生きない…他人は気になる存在だが、自分軸をブレさせないこと
・やることをやったら結果を求めずあとは天に任せる…あとはなるようになるという、エゴを捨てたおまかせの精神力のこと
・善悪に固執しない…それぞれの立場で、環境で善悪は違う。あくまでも主観的なものと知ること

こうした学びがあり、私の全人格形成をしてくれているのです。

あとがき

「なぜ、両親を恨んでいないのですか?」と、よく質問されます。

きっと子どものころは、こんな劣悪で理不尽な家庭に生まれたことを恨んでいたと思います。

でも、その両親を通じてこの世に生まれてしまったことは、変えられない事実です。変えられないことを、あれこれと考えて思い悩むことをやめてみたら、ふっと気持ちが楽になりました。そして、自分の努力で変えられることにフォーカスしてそれに集中して取り組むようになれました。

「人はなぜ、恨むのか……」を考えてみると、変えられない環境や他人に対して憤りを感じているのです。自分の思いどおりにしたいという執着がそこにあります。それは、周りは自分のために良くしてくれて当然だという「甘え」ともいえます。私の家庭にはこの

「甘え」が許されませんでした。全てが自己責任といっても過言ではありません。そのため、変えられない環境や他人に過度な期待を寄せて「裏切られた」ということにもなりません。この思考を形成できたのは、わが両親、毒親のお陰です。恨まないことは、過去に固執していないことなので、意識が軽くなり、未来に対してとても生きやすくなります。

この思考は、すごくオトクなので、何かに恨みをつのらせている人はぜひやってみてください。とても心が軽くなり、目の前の視界が開けてきます。

とはいえ、子どもの頃の「原風景」は、とても思い出したくないつらいものがたくさんあります。これは、過去に受けた変えられない真実の体験です。この原稿を書いている間も、突然当時の感情が湧いてきて、パソコンのキーボードを打つ手が止まってしまいました。しかし、この人生の棚卸しをして、同じような毒親で生きにくくなっている人に少しでも届けられたらという思いで、細かいことも思い出しながら、できるだけ忠実に表現させていただきました。

原風景とは別に「心象風景」という言葉があります。

これは、実際に過去にあった体験を自分なりにどのように思い描き、とらえて心に刻んだかの感情の風景です。私はきっと「原風景」が過酷すぎて「心象風景」で当時幼少期に体験した負の感情をとらえ直して、ポジティブに描き直し変換しているのです。

この「心象風景」により人は日頃の行動や発想を決めています。この「心象風景」のあり方が、未来の運命を決めているといってもよいでしょう。

そうなると、「未来は自分の思い方しだい」というのも、すごくオトクです。簡単に今すぐできます。

幸運も不運もこの「心象風景」のあり方であるという法則が分かると、やらない理由はありません。それに気がついた方は、今日からでも、今日がしんどい方は明日からでも、「ポジティブな心の風景」を描いてみてください。

やり方は簡単です。晴れた日に大空を見上げ、一瞬で変わる雲の形を自由にとらえて想像してみてください。

大鳥になったり、竜になったり、ゾウになったり、恐竜になったり……。それを日々繰り返していると、不思議なことに落ち込んだ気持ちが薄らいできて、ポジティブな「心象風景」が描けるようになっています。この心の風景は、雲（水蒸気）の形と似ているような気がします。実態があるようなないような、その時の天気しだいで変幻自在になります。

だから、晴れた日には空を見上げてすてきな形の雲を、ひとつでも見つけてみてください。きっと、さっきまでのネガティブな感情がどうでもよくなり、ポジティブな感情に置き換わってしまっています。

そうすると、勝手に前向きな行動がとれるような準備が整っています。心にとっても身体にとっても、その行為はより良い状態の未来を必ず引き寄せてきてくれます。

私は今なら言えます。

「人生で大切なことは全て毒親から学んだ」と。

子どもに対する過激な内容もたくさんあり、暗い思いにさせてしまった人もいるかもしれませんが、最後まで本書を読んでくださった皆様、本当にありがとうございました。

そしてこの世に送り出してくれた、天国にいる愛すべき毒親に感謝、合掌。

〈著者紹介〉

橘 楓（たちばな かえで）

1967年大阪府生まれ。幼少期の凄絶な体験から大学では社会学部社会福祉学科で学び、教員と保育士資格を取得。卒業後は、高校の教員採用試験に失敗したため、一部上場の宝飾会社に入社。消極的だった販売の仕事に配属されるも、営業の才能に目覚める。その後、服飾業界への興味から、貸衣裳会社に転職、さらに業界最大手のユニフォーム会社へ転職し、ユニフォームアドバイザーとして活躍する。1995年、阪神・淡路大震災を機に退職し、廃業寸前だった父の防水工事会社を引き継ぐ。2006年に現在の建材メーカー業態に移行、持続可能な未来の社会インフラを守る材料を開発し提供している。現在、代表取締役社長を務める。

本書についての
ご意見・ご感想はコチラ

毒親と生きる

2024年2月16日　第1刷発行

著　者　　橘 楓
発行人　　久保田貴幸

発行元　　株式会社 幻冬舎メディアコンサルティング
〒151-0051　東京都渋谷区千駄ヶ谷4-9-7
電話　03-5411-6440（編集）

発売元　　株式会社 幻冬舎
〒151-0051　東京都渋谷区千駄ヶ谷4-9-7
電話　03-5411-6222（営業）

印刷・製本　中央精版印刷株式会社
装　丁　　弓田和則

検印廃止

ISBN 978-4-344-94768-9 C0036
幻冬舎メディアコンサルティングＨＰ
https://www.gentosha-mc.com/